JN033456

TERM
もう一度プロポーズを

百々 聖夜
Seiya Momo

文芸社

まえがき

医療の進歩は日進月歩であり、一昔前は完治の難しかった疾病が今日では治癒する、もしくは発症を抑えられる時代となった。

癌——それは長年、不治の病として人々から恐れられ、戦後、その告知は死を意味するものだった。

しかし時代は平成から令和になり、薬物療法、外科的措置、放射線療法から遺伝子治療へと移り変わり、人の生命の根源でもあるＤＮＡを操作する方法が、癌の画期的な治療法として選択されることになった。

いよいよ、禁断の神の領域に一歩踏み入れた感を覚え、人の探究心の深さに感心させられる。これを好奇心と表現するなら、やはり人は傲慢だが、この好奇心こそが科学の根源であり、苦しむ患者さんを救うための希望に繋がることは間違いない。

癌をはじめ、治療の難しい病と闘っている患者さんとそのご家族の希望への道が開けていくことを願って、この物語を捧げる。

目次

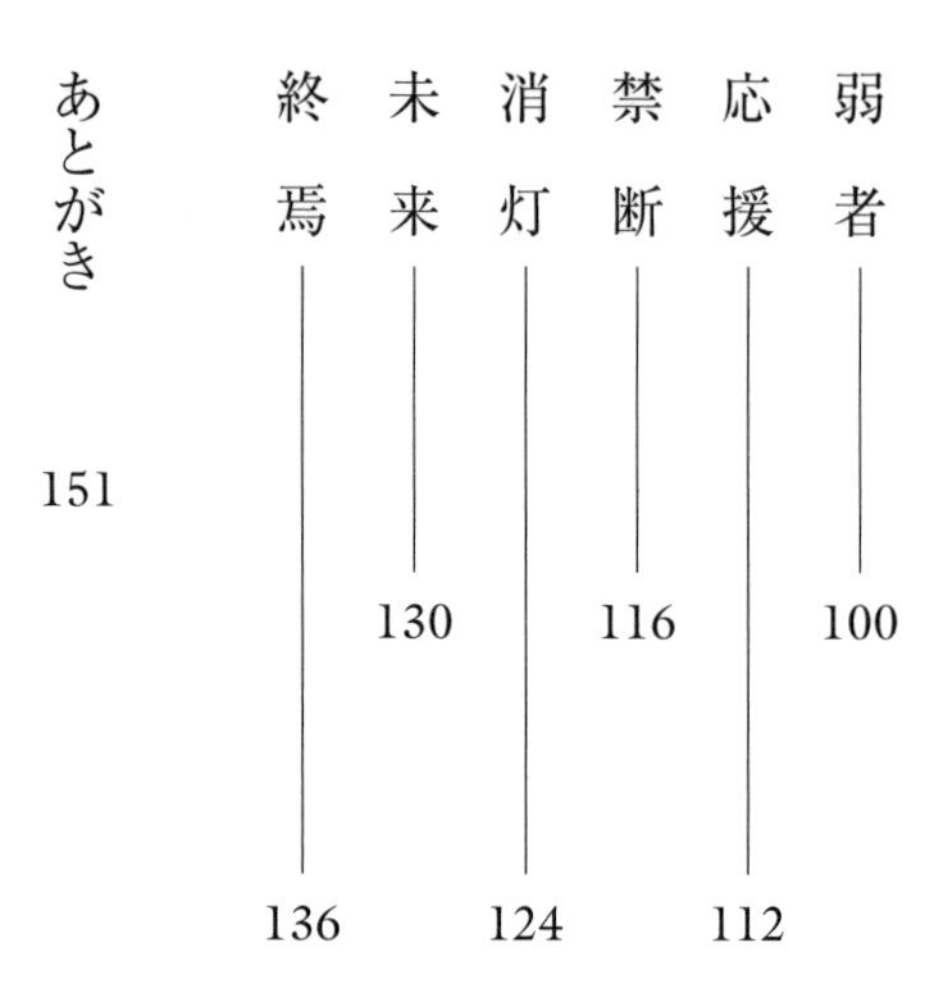

TERM もう一度プロポーズを

遭遇

十年ほど前の俺は、白球を追い、憧れの甲子園を夢見て高校生活を送っていた。しかし神奈川大会という激戦区で、その夢は一瞬のうちに砕け散り、高校三年目の夏が始まる前に、長くもなく、短くもなかった野球生活に終わりを告げた。その時点で将来の進路を描くことができていなかった俺は、当面の保険として大学に進学することを選ばざるを得なかった。弱冠十七歳で将来の方向性を明確に描いている学生などごく一部であり、そういう意味で、俺の思考はごく一般的なものだと感じていた。

高校生活のほとんどを野球に費やしてきたわけで、大学進学と言っても、並大抵の努力では達成し得ないことは分かっていた。神奈川大会敗退後、すぐに受験勉強を開始した。何しろ、将来の夢を描けていない以上、学部を選ぶこともままならず、男子校故の不純な動機であるが、女子学生が多そうな薬学部を希望することにした。幸い理数系の教科が得意だったため地元の神奈川薬科大学に入学できたが、一学年に二百人もの学生がいることに驚かされた。

入学式が終わり、教室に集められた学生に、カリキュラム一覧と学生証が手渡された。

「山本祐作（やまもとゆうさく）さん」

学年主任の助手らしき女性に名前を呼ばれ、俺はそれらを受け取り、再び席に戻った。

「渡邊尚美（わたなべなおみ）さん」

次の学生の名前が呼ばれた。学生証の番号は「あいうえお順」で、俺が最後から二番目、「渡邊尚美」という女子が最後だった。ふと、彼女の顔を見る。男子校で三年間生活してきたからか、なんとも新鮮な、そして眩しい感じを覚えた。髪は少し茶色で肩にかかるくらいの長さ。顔立ちはやや丸顔で色白。希望に満ちた目からは、力強さを感じた。今思えば、おそらくこの時から彼女に惹かれていたのだろう。すべては、ここから始まった——。


薬学部なので、当然実習や実験という授業も多く、そのたびに俺は尚美とペアを組むことが多かった。誰と実験をするか学生が迷わないように、あらかじめ学生証の番号順に二人一組や三人一組で実験をする。不平不満を言う学生もいたが、俺にとっては好都合だった。三人一組の実験では、俺の一つ前の番号である山下大輝も加わった。山下はひょうきん者で、皆からは「山ピー」と呼ばれていた。次第に三人で勉学に励んだり遊んだりする機会が多くなり、周囲から「お前ら本当に仲が良いよな」と言われるようになった。

尚美は俺と同じ横浜の出身で、俺の家からは車で十五分程度の場所に住んでいた。残念ながら利用していた路線が違ったので、大学の最寄り駅で彼女が改札から出てくるのを三十分以上待ち、偶然を装って、そこから一緒に大学に通ったことも頻繁にあった。恋に踊らされている男女であれば、多かれ少なかれ似たようなことをしたことがあるだろう。好きな子の家の前を、用もないのに通ってみたり、待ち合わせもしていないのに、好きな子が行きそうな所に行ってみたり、度を越えず、迷惑をかけない程度なら誰にでも経験がありそうなことだ。しかし、最近ではこんな話をすると、すぐにストーカー呼ばわりされる。困った世の中になったものだ。

尚美は、実直で曲がったことの嫌いな性格で、よく授業をさぼる俺と山下に呆れていた。しかし、試験前になると俺達二人を心配して、必ず授業ノートと過去問のコピーを用意してくれた。試験では過去問から三割程度の問題が出されるため、尚美がコピーしてくれる過去問がないと、落第点は必至だった。

試験前夜、親が寝静まった頃、携帯で尚美に電話し、尚美の出題予想を聞くのが習慣だった。予想問題を聞くのが目的だったが、尚美の声を聞くのがそれ以上の狙いだったことは間違いない。顔が見えなくても、好きな人と話ができる高揚感は格別なものである。これも、誰もが経験したことのある感情なのではないだろうか。

「尚美さ、明日の生化学のテストだけど、ＴＣＡサイクルは出るよね？」

「うん、多分出るね。それは外せないいんじゃん」

「ところでさ、明日、テスト終わったら映画でも観に行かない？」

「そうね。テストの出来次第かな？　山ピーにも聞いてみよっか？」

そんな他愛もない話を、一時間程度する。俺にとってテストは及第点が取れればそれでいい。しかし尚美は学年でも上位十人に入るくらいの実力なので、夜中の一時間は貴重だったに違いない。でも、俺からの電話に、いつも付き合ってくれた。

三人でいる時の山下は俺と尚美を笑わせてくれる存在で、常に明るく振る舞っていたが、本当は底なしに寂しがりやな性格だ。幼い頃に母親を亡くしているせいか、母性への憧れが強く、山下もまた、男子校出身のため、尚美の優しさを母親の面影に重ねていたのかもしれない。表立って見せることはなかったが、その言動を見ていれば、尚美に好意を寄せているのは一目瞭然であった。山下も俺の気持ちに気付いていたのだろうか、何度か俺がいないところで、抜け駆けしようとしていたことを、のちに尚美から聞かされた。

俺と山下は趣味も合い、夏はバイクでツーリング、冬は雪山へスキーに行く機会が多かった。実家から通っている俺とは違って、山下は大学の近くで独り暮らしをしていたが、同じバイトをし、尚美よりも多くの時間を山下と過ごしていた。だからこそ、お互いに何を考え、次にどのように行動するのか、手に取るように分かるようになった。

しかし、俺達三人の誰一人として、自分の胸の内を打ち明ける者はいなかった。これはお決まりなのかもしれないが、三人の仲が壊れることを、三人ともが恐れていたからだ。尚美がどちらに好意を抱いているのか、それとも他に気になる人がいるのか、俺も山下も知る由もなかった。

大学四年生の夏になると、薬学生は国家試験のことで頭が一杯になり、俺達三人も今までとは違い遊ぶ時間が少なくなり、国家試験対策に没頭した。現在の薬学課程は、薬剤師国家試験を受験する生徒が六年間、それ以外の生徒は四年間で卒業となる。もちろん、必須単位を修得していればの話ではあるが。俺が大学に入学した平成十七年は薬学課程が四年制の最後の年で、一定条件をクリアすれば国家試験の受験資格が与えられた。

薬剤師国家試験は大学生活の集大成であり、この試験が終われば俺達はやっと一息つける。就職氷河期のため、就職先の内定が出ていない学生にとっては、国家試験が終了しても安堵できないのかもしれないが。薬学課程を卒業すると、多くは調剤薬局や病院の薬剤部、一部は公務員や商社に就職する。バブル時代では、製薬会社に就職する学生も多かったと聞いているが、就職氷河期の俺達にはかなりハードルが高かった。そんな中、本当に運よく俺は製薬会社に就職が内定していた。大学四年間、尚美のことを思いながら告白することができずにいた俺は、国家試験終了後の最後のチャンスに懸けることにした。働きだしたら、それぞれが就職先の研修に入り、長ければ三か月程度、帰還することができない。だから、このタイミングを逃してしまうと、大学四年間が無駄に思えてしまうような、そんな感覚に押し潰されそうになった。

国家試験最終日の夜に、尚美を呼び出した。桜木町駅で待ち合わせをし、ロイヤルクイーンホテルで夕食を取る計画だった。書店を巡り雑誌で調べてはみたが、四年間の思いを伝えるにふさわしいお洒落な店がなかなか見つからず、高級そうなホテルのレストランを選ぶことにした。とにかく情報不足なのは否めない。国家試験の勉強が忙しく、なかなかバイトにも入ることができなかったため、予算的にもかなり厳しいものがあった。しかし四年越しの想いを伝えるために、清水の舞台から飛び降りる覚悟はできていた。

桜木町の駅からそのホテルまで、歩いて十分ほど。週末は家族連れや恋人同士といった人々で賑わいを見せるが、平日は思ったよりも人通りは少なかった。それでも、横浜の代表的なデートスポットのため、若い男女が散見され、週末の装いと違ってはいるもののの妙な雰囲気だけは醸し出していた。途中、ショッピングモールを通り過ぎようとした時、尚美が問いかけた。

「祐作、夕飯、どこで食べるつもり?」

「就職内定のお祝いに、ロイヤルクイーンホテルでも行こうかと思ってさ」

尚美は怪訝そうな顔をして応えた。

「私、そんなにお金も持ってないし、私達には身分不相応じゃないかな？　今の通りにあった、フードコートにしようよ」

お財布的には優しいが、尚美に思いを告げる場所としては、ムードが足りないように感じた。しかし、そんなことは尚美の知る由もない。このままロイヤルクイーンホテルに行く理由を見つけることができなくなった俺は、仕方なく尚美の提案を受け容れることとした。

フードコートで告白とは、味気ないとは思ったが、そんな奴が世の中に一人いても決しておかしくないだろうと考え、そこで告白することに決めた。

「祐作は、何食べる？」

正直、そう聞かれても、何も食べたいものが見つからない。お腹が空いていないわけではない。食べるよりも、告白の準備で、胸が一杯なのだ。尚美はサラダとパスタとドリンクを注文し、俺はハンバーガーとコーラを注文した。告白を上手く切り出すことができず、まずは国家試験の話から始めた。直近の二人の関心事である試験の答え合わせは盛り上がったが、肝心な告白の切っ掛けが未だに摑めない。延々と頭の中でトリガーを探していたので、時々、会話に長い空白ができた。

「祐作、今日、なんか変じゃない？　さては悩みでもあるのかな？」

少し茶化したように、尚美は言った。

「あ、いや、なんでもないよ。試験の答えを間違えちゃったかなって不安になってさ」

必死になってごまかした。でも、なんでごまかさなきゃならないのか。自分でもよく分からなくなってきた。結局、フードコートでの告白は、見送ることにした。

夕飯を食べた後、赤煉瓦倉庫まで二人で歩いた。いろいろと計画が狂った。すでに尚美に対して想いを伝え終わっているはずなのに、現実は一歩も進んでいない。慎重なのではない。単に臆病なだけだ。尚美の答えがノーだった時のことを考えると、やっぱり怖い。何故か言葉が出ない。高ぶる気持ちとは裏腹に、膝が震え、自分でも何をしてよいか分からない。夜景を見ながら、尚美はいつもと変わらず、平然としていたように見えた。が、そんな尚美が切り出した。

「ねえ、夜の赤煉瓦倉庫って来たことなかったけど、ここから見る横浜港って、真っ暗だね。ベイブリッジくらいしか見えないじゃん。ほら、反対側の観覧車のほうが綺麗に見えるよ。考えてみたらさ、祐作と四年間も過ごしてきて、こんなロマンティックな場所に来たことなかったね。いつも三人だったからかな？」

たまらず俺も答えた。

「ああ、そうだったかな。俺達、そういう関係じゃなかったからな」

自分でも何を言っているのか。気持ちと正反対ではないか。でも軌道修正する言葉が見つからない。内心慌てている俺の隣で、尚美がぽつりと呟いた。

「そういう関係じゃなかったんだ。よく遊んでたけどね」

助け舟を出してもらった気がして、今度こそ勇気を出して言うしかない、そう思った。

「いや、そういう関係になりたいと思ってました」

何故か、尚美に対して敬語になっている。テンパっている証拠だ。それも、描いていたシナリオと違うセリフ。ああ、本当に自分はダメな奴だと感じたその瞬間、尚美が発した次の言葉に、すべてが救われた気がした。

「祐作がさ、いつ誘ってくれるかなって、大学三年生くらいから考えてたよ。でも、休みの度に山ピーと遊びに行っちゃったり、バイトでさ、意外と寂しい四年間だったな。だから……これから一生かけて、寂しかった四年間を埋めなさい。これは、命令」

なんとも臆病で男らしくない告白だったが、尚美の言葉に助けられ、次の瞬間、俺は尚美を抱きしめながら、こう呟いた。

「ありがとう。そうする」

少し涙ぐんだ尚美もまた、

「なんて、味気ない回答かしら」

と返した。そして俺の背中に手を回し、胸に顔を軽く埋めながら、囁いた。

「祐作、これからもよろしくね」

後で尚美から聞かされた話だが、俺がロイヤルクイーンホテルで夕食を取ろうと言った瞬間から、尚美は告白されることを察知していたらしい。長い時間、俺が煮え切らず、じれったかったとも言っていた。そして、このままだと、最後まで告白してくれないのではないかと感じ、尚美から切り出したそうだ。なんと感の鋭い女性かと思ったが、もしかしたら俺の言動が見破られやすく、俺が鈍感なだけなのかもしれなかった。

晴れてその日から、俺と尚美は付き合うこととなった。


無事に三人とも薬剤師国家試験に合格し、尚美は神奈川県立総合病院の薬剤部に、山下は大手製薬会社の営業（Medical Representative＝医薬情報担当者、通称ＭＲ）に、俺は中小規模の製薬会社に、それぞれ就職が決まった。

告白から四週間後、山下の研修が一旦終わった時に三人で集合し、尚美と俺が付き合っていることを山下に報告した。

山下は、

「わぁ、やられた」

と笑顔で言ってはいたが、実は落ち込んでいたことを、俺は知っていた。

慶賀

大学を卒業してから順調に五年が過ぎた。尚美と円満に付き合い続けていたおかげで、俺は仕事に邁進することができ、ある程度の仕事を任せてもらえるようになった。

その間に俺にとって大きな変化があった。内資系の中小企業に就職したはずだったが、二年後、外資系のメガファーマ（巨大製薬企業）に吸収され、世界でもトップクラスの製薬会社の一員となった。外資系メガファーマの開発職に新卒で入社しようとした場合、その確率は低くプロ野球選手になるのと同じくらい難しい。何故なら日本の大学では学べないような、帰国子女レベルの語学力が要求される。それゆえ、給料は他業種に比べ高額である。藁しべ長者の気分ではあったが、この大胆な環境の変化に耐えるのは俺にとって非常に厳しく、また努力も必要であった。そのため、多くの同僚や先輩は、合併を機に会社を去っていった。

製薬会社の社員一人一人は直接患者さんと接することはないが、常に患者さんへの貢献を誇りに、仕事をしている。その中で俺は医薬品開発の「臨床モニター」をしている。
医薬品を開発するためには、「治験」あるいは「臨床試験」と呼ばれる、人を対象とした試験が必要である。まだ薬ではない化合物を患者さんに投与し、その効果や安全性をモニタリング（観察）する必要がある。まず化合物を発見した海外本社が治験の実施計画書（プロトコール）を作成し、その日本語版を臨床モニターが医療機関の医師及び関係者に説明し、協力してもらえるか否かの判断を仰ぐのだ。治験は多くの医師や看護師等の負担になることが多く、また対象となる患者さんがいないなどの理由により、治験に参加いただけない病院も少なくない。

俺の担当している治験プロジェクトはオンコロジー（癌）領域なので、おのずと市中病院や大学病院でのモニタリングが多くなる。患者さんの数が多い成人病やアレルギー性鼻炎のような疾病では、クリニックの受診率が高いため、クリニックや個人医院でも治験は実施される。その場合、治験を構成する組織作りや各病院の設備、病院同士の関係性の問題もあるので、治験依頼者にとっては、苦労が絶えない。

市中病院や大学病院には治験事務局があり、契約や費用の支払い等の事務手続きは一か所に集約されているが、クリニックや個人医院では書類手続きに慣れていない医師も多く、資材の保管場所にも苦慮することがある。しかし、悪いことばかりでもなく、クリニックや個人医院の医師や看護師は治験に対してとても協力的で、治験依頼者を頼りにしてもらっている部分が大きい。

治験に協力してもらえるとなった場合、その医療機関内に設置されている倫理委員会、もしくは外部の倫理委員会で、そのプロトコールにおける医療行為が患者さんの安全や権利を脅かすものでないかといった点を中心に審議される。

倫理委員会を通過後、医療機関と医薬品メーカー（治験依頼者）の間で契約を締結する。契約締結後、医師は対象の患者さんに対して治験の説明をし、同意を取得する。そして、治験依頼者が治験薬を病院に搬入し、投薬が開始される。

治験担当医師は、治験開始時点から患者さんの観察が終了するまでの記録を調査票（依頼者がデータを収集するための用紙）に記入する。その内容とカルテや検査伝票との間に齟齬がないかを確認するのも臨床モニターの仕事だ。このカルテ等原資料の直接閲覧を「ＳＤＶ（Source data verification）」と呼んでいる。

ＳＤＶが完了し、原データと齟齬がないことが確認できた後、臨床モニターが調査票を回収する。そして、すべての治験の患者さんの観察が終了した時点で、医療機関より終了通知書を受領する。

　臨床モニターが収集したデータ（最近では電子媒体によるデータの入力が主流であり、紙媒体での入手はほとんどなくなった）は本社で解析され、最終報告者や申請書を作成して、厚生労働大臣に申請される。申請された資料は、厚生労働大臣の諮問機関である有識者で構成される委員会によって審議され、問題がないようであれば承認される。そしてやっと、承認された化合物を、医薬品と称することができるようになるのだ。人を対象とした治験を初めて開始してから承認を取得するまで、おおよそ五～十年の歳月を要する。非臨床試験（動物を使用した試験や化合物の物性を確認する試験）から承認までだと、おおよそ十五～二十年かかる。人間で譬えたら、産まれたばかりの赤ん坊が、言わずもがな成人を迎えている。

　時間もさることながら、さらに想像を絶するのが研究費だ。治験を完了するにはおおよそ数百億円かかると言われている。その上に難解なのは成功率。ある程度の安全性と有効性が担保できる化合物は非常に少なく、治験を開始してから世に出せる確率は一〇パーセント程度。数百億円かかる治験を十本走らせ、そのうちの一つが、ようやく医薬品となる。個人投資家が簡単に手を出せる産業でないことは、容易に想像がつくだろう。

莫大な時間とお金を消費して誕生するのが医薬品である。そのため、薬価（薬の値段）も非常に高額となる。

臨床モニター一人当たりが担当するのは平均五施設（医療機関は施設と表現することもある）で、多いと七～十施設を担当している先輩もいた。

俺は神奈川県立総合病院以外にも、青森、栃木、静岡、名古屋で各一施設を担当していて、出張漬けの毎日を過ごしていた。多くの時間を病院で過ごすため、本社に出社するのは月曜日の午前中と、旅費精算が溜まった時くらいである。

尚美は神奈川県立総合病院の薬剤師として調剤、薬歴管理、棚卸等を行っていて、朝八時から夜の九時頃まで、ほぼ月曜日から土曜日まで勤務している。だから、神奈川県立総合病院のモニタリングの際に、薬剤部のガラス越しに尚美の姿を見ることが、俺のせめてもの癒やしになった。とはいえ、業務時間中に会話することなど言語道断であり、その気持ちを切り替えるために、隣接したコンビニで苦いブラックコーヒーを買い、一気飲みしたものだ。

俺は基本的には土日が休みだが、尚美は土曜日も仕事なので、会えるのは日曜日のみという週末が多くなった。尚美の仕事が忙しく、日曜日には心身ともに休養を取りたいという理由から、長い時は三週間以上会えないこともあった。お互いに仕事をしているのだから致し方ないと納得している半面、会いたい気持ちが抑えられず、夜中まで電話をしてしまう悪循環が続いた。

一方、山下は大手製薬会社のＭＲとして大阪を担当していたので、年に数回会うのが関の山となり、たまに東京や横浜に来た時は三人で会う計画を立てるが、誰かが欠け、三人揃うことは多くなかった。

尚美と付き合い始めて五年目のゴールデンウィーク真っただ中の五月一日。

たまたま休みが取れた尚美と俺は、半年ぶりのまともなデートに出かけた。大学時代に同級生達と来て以来、長らく足が遠のいていたジャパンワンダーランドに行くことにした。久しぶりすぎるデートだったので、尚美と一緒にいられる多幸感に酔いしれていた。連休狭間の平日にもかかわらず、入場者五万人の人気。ホスピタリティーの高さを実感させられる。従業員の教育、施設や設備の清掃、お客さんを裏切らない新しい企画、会場の雰囲気作り、どれをとっても他の追随を許さず、まさに夢の国を体験できる場所だ。

着くなり、尚美が無邪気な子供のようにはしゃぎだす。入場門から続くショッピングモールを歩きながら、叫ぶように言った。

「ねえ、何から乗る？　それとも、パレードの場所取る？　レストランも予約しないとね。祐作は、何がしたい？」

病院調剤の激務ゆえ、本当は疲れているはずではあるが、俺の前では決して弱音を吐かない。この一時を大事に生きる尚美らしい決意と、俺に対する優しさなのだと感じた。そんな尚美を見ていたら、無性に愛おしくなった。やっぱり俺には尚美が必要なのだと、改めて感じた瞬間、無意識のうちに俺は尚美を抱きしめていた。そして――。

「尚美、結婚しよう」

突然プロポーズしてしまった。

尚美なら当然のように、「何を言ってるのかな？　こんな昼間から。まずは久しぶりの夢の国を楽しもうよ」なんて答えるのではないかと想像したが、尚美は静かに目をつむり、

「うん、そうしよう」

と答えた。体は少し震えていたが、確かな温もりが感じられた。

しかし尚美は慣れない感覚に徐々に違和感を覚えたのか、次の瞬間おどけて見せた。

「ねえ、指輪は？　プロポーズだったら指輪くらい用意しておいてよね」

想定外のプロポーズに俺自身が驚いているこの状況で、指輪など用意しているはずもなかった。俺は尚美の手を引き、園内のアクセサリーショップで玩具の指輪を買った。じっくり選んでいる時間もなかったが、何故かウィリアム城をモチーフにした指輪が気になり、それを購入した。ウィリアム城は、園内にそびえ立つ、夢の国のランドマークである。

「ごめん。こんなはずじゃなかったから、指輪、用意してないんだ。とりあえずこれで許してくれ」

尚美は少し怪訝そうな顔で応えた。

「こんなはずじゃなかったんだ。そうなんだ」

でもすぐに、少ししょぼくれた俺の顔を下から覗き込みながら、

「冗談だよ。本当に嬉しいよ。大切にするね」

と言って、満面の笑みで、その指輪を薬指にはめた。

「それ、はめるのは俺の役目じゃない？」

ウィリアム城の方角に高々と手を上げながら、薬指の玩具の指輪を眺めている尚美に言った。

「うん、本物の時はそうしてね」

尚美は笑顔だったが、目から涙が零れていた。

二人で腕を組み、センター広場でウィリアム城を見つめながら、尚美は言った。

「来年の五月一日も、再来年の五月一日も、十年後、二十年後、私がお婆ちゃんになった五月一日も、二人でここに来ようね」

尚美のその言葉を聞いて、俺は嬉しさを通り越して、覚悟と責任感が湧いてきた。


半年後の平成二十六年十一月、俺と尚美はめでたく結婚式を挙げた。山下も忙しい中を駆けつけてくれて、俺達二人の門出を祝ってくれた。

「尚美、嫌になったらいつでも俺のところに来いよ。二人が喧嘩した時は、絶対に尚美の味方してやるからな」

到底、結婚式の場に相応しくない暴言ではあるが、山下らしい祝福の表現だ。

俺は喜びに満ちたこの時間が、永遠であればよいのにと感じていた。

予兆

結婚した年の年末から、俺の会社では新しいプロジェクトがスタートした。最先端の医療技術を駆使した、再生医療等製剤の治験だ。再生医療の定義は明確になってはいないが、簡単に言うと人の体の「再生する力」を利用して、自己細胞により疾病を治すことを目的とした医療のことだ。広義では「Tissue Engineering and Regenerative Medicine」(再生医学)と言われ、その頭文字を取って、「TERM」とも呼ばれている。

その治験実施計画書の勉強会をしながら俺は、ついに人が神の領域を侵してしまったのかと感じていた。

新プロジェクトで開発を始めるのはリンパ性白血病や悪性リンパ腫の治療薬なのだが、患者さんの体内から血液をサンプリングし、その中から「T細胞」と言われる細胞を試験管内で増殖させ、癌細胞を識別するように遺伝子を操作して再び体内に戻す治療法に使われる。海外臨床試験の結果、その完全奏効率(治療後に、癌細胞が消滅した患者の割合）は六〇～八〇パーセントで、これまでの化学合成品の完全奏効率二〇～三〇パーセントと比べると、飛躍的な数値だ。この治験は注意すべき点が多く、また膨大なマニュアルに従い複数の書類を作成しなければならないが、製薬会社で働いている以上、この製品は絶対に患者さんに届けたいと、社員の誰もがそう思っているに違いなかった。

残念ながら俺はその治験チームからは外れたが、その分、他の治験施設の担当が回ってきて、今まで以上に忙しくなった。出張の頻度も高くなり、週末に家に帰ることができれば良いほうで、ひどいと二週間以上も帰ることができない生活が続いた。たまに家に帰ることができても、夜中の一時頃。尚美も仕事が多忙なので、俺が帰宅した時間には、いつも疲れて寝ていた。お互い夜が遅くなるため、別々に夕食を取る。尚美は近所のコンビニでお弁当を買って、俺は担当施設近くのファミレスで夕食を済ませることが多かった。

家に着き尚美を起こさないよう玄関を静かに開けリビングに向かう。まだ、暖房の温もりが冷めやらない部屋で普段着に着替え、シャワーを浴び、歯を磨く。そして、尚美が寝ている寝室のベッドに向かう。起こさないようにそっと布団をめくると、いつも尚美は寝返りを打ち、俺のほうに寝顔を見せる。薄暗がりのベッドルームで淡い黄色い光に照らされた尚美の顔は、本当に穏やかで美しい。そして、俺の疲れも取り除いてくれるようだった。いつまでも見ていたいと思う気持ちがあるのだが、多忙ゆえに、睡魔には勝てない。気が付いたら小鳥が囀り、眩しい光がカーテンの隙間から差し込んでいる。そして、さっきまであったはずの尚美の顔が隣から消えている。

「祐作、もうすぐ七時になるよ。起きてってば。遅刻しちゃうよ」

エプロン姿の尚美が、いつもそうやって俺を起こしてくれる。必ず笑顔で微笑みながら。俺は毎回、甘えたい衝動にかられ、尚美をもう一度ベッドに呼んで、キスをする。これが日課なのだ。と言っても、出張で家に帰ることは多くないので、月に二～三回ではあるが。

朝食を済ませ、二人で同じ時間にマンションを出ると、最寄り駅で逆方向の電車に乗り、それぞれの職場に向かう。これが、平日のルーチンである。

そんな、なんでもない生活が続き、お互い歳を取っていくはずだった。

平凡な日々が幸せなのだとよく言われるが、それを実感できている人はそれほど多くないであろう。日常生活の中に不満を探してはそれを埋め、また不満を探してはそれを埋めていく。結局、探さなくてもよい不満を探しては、満たされていないと感じてしまう、それが人間である。平凡とは、実に難しいことである。

そして、また五月一日がやってきた。尚美も俺も、半年以上も前から有給休暇の申請をしていて、絶対に仕事を入れないように頑張った。再び、思い出のジャパンワンダーランドでデートをするためだ。最近の忙しさで、二人とも疲れていないと言ったら嘘になるが、体力よりも気力が勝っていた。東神奈川の首都高速入り口から乗り、車で一時間くらい。その間、コンビニで買ったおにぎりとコーヒーを車内で平らげ、尚美の好きなミスチルのCDをかけながら、陽気に向かっていた。しかし、テンションが高いのは俺だけで、尚美はそこまでではない感じがした。

「尚美、どうした？　体調でも悪いか？」

少し不機嫌そうに俺は言った。あんなに楽しみにしていたのに、何故か尚美のテンションが上がらないので、少し苛立ちを感じていたのも事実である。

「ごめん。すごく楽しみにしていたんだけど、体が重くて、疲れが抜けていないような感じなんだ。ちょっと風に当たりたいから、パーキングに入れる？」

尚美が思いつめたような表情を浮かべたので、思わず心配になった。

「あ、うん」

大井パーキングエリアで車を止め、助手席のドアを開けて、尚美の手を引いた。尚美は少しよろけながら車の外に出た。

「尚美、ちょっと待ってて。飲み物買ってくるから」

そう言って、恐る恐る車を離れ、自販機まで行き、温かいお茶を購入した。慌てて戻ると、尚美は車に寄りかかりながら、こちらを見つめ、少し微笑んで見せた。

「祐作、少し気分が良くなった。タイムロスしちゃったね。ごめんね。さあ、再出発だ」

今思えばこの言動は、愚直なまでに迷惑をかけることを嫌う尚美の空元気だったに違いない。

尚美にお茶を渡し、助手席のドアを開け、尚美をシートに座らせた。尚美は微笑みながら上目遣いで、軽く呟いた。

「ありがとう。ごめんね」

その瞬間の表情や言葉に、俺は違和感を覚えることができなかった。

ジャパンワンダーランドに着くと、尚美と俺はセンター広場に向かいながら一年前を思い出していた。歩いてきたショッピングモールも、広場から見えるウィリアム城も、一年前と何も変化はなかったが、俺達の気持ちは一年前より安定していた。

尚美がポケットからある物を取り出した。

「祐作、覚えてる？　この指輪」

忘れるわけがない。それはウィリアム城をモチーフにした玩具の指輪。俺が選んだものだ。

「忘れた、なんてことはないでしょ。まだ、あれから一年じゃん。本物の婚約指輪あげたのに、まだ律儀に持ってたんだ」

「そうだよ。この指輪は、五月一日のこの日にしか着けないの。いつも大事にしまってるんだ。これを着けると、あの時の感情が、湧いてくる気がしてさ」

尚美の横顔を見つめると、昼間の日差しのせいか、頰が少しピンクがかって見えた。

しかし、どことなく気分がすぐれないのか、テンションは上がらない様子でもあった。

次の瞬間、尚美が呟いた。

「祐作、ごめん。ちょっと眩暈（めまい）がするから、休みたい。できれば、この広場から離れた所まで連れて行って」

尚美は思い出の場所を汚したくなかったのだろう。

「おお、分かった」

俺はそう応え、尚美の腰に手を回し、できるだけ尚美に負担がかからないように、センター広場を後にした。

ベンチに二人で腰掛ける。

「尚美、大丈夫か？　今日は、帰ろうか？　体調が良い日に、また来ようよ」

尚美はしばらく無言で、頷いたように見えたが、

「やっぱり、帰らない。だって、次、いつ来られるか分からないじゃん。折角、半年も前から二人で休みも合わせて来たんだから、今日くらい無理したいな」

「尚美さ、でも本当に大丈夫か？　休みなら、俺が合わせるから、無理することないんだぞ」

「大丈夫、ほら、もう治ったよ」

と言って尚美は立ち上がったが、すぐに立ち眩（くら）みを起こし、そのまま意識を失った。軽い鼻出血も認められた。

尚美の意識が戻ったのは、救護施設の中だった。医師の話では、軽い貧血と疲れが原因ではないかとのことだったが、念のため近隣の病院の受診を勧められた。尚美は俺に

向かって、また謝った。

「祐作、ほんとごめん。あんなに楽しみにしていた日なのに、私が台無しにしちゃって。でも、今度はほんとに大丈夫」

「尚美、無理すんなって。ワンダーランドは逃げないから、また来ようよ」

しかし、尚美は聞き分けのない子供のように言った。

「今何時？　私、どのくらい寝ていたの？」

「今は午後一時過ぎだよ」

尚美は少し微笑みながら、

「まだ八時間くらい遊べるじゃん。その前に、お腹すいたから、ご飯食べよう。祐作も何も食べてないでしょ。ごめんね」

「うん、何も食べてないけど、ちょっと待ってて。お医者さんに聞いてくるから」

俺は尚美の体が心配で、すぐにでも帰ったほうが良いとは思いながら、尚美の気持ちも大事にしたいという葛藤に苛まれていた。

「あまり無理をしないほうが良いとは思いますが、激しい乗り物や炎天下を避ければ、おそらく大丈夫でしょう。ここは夢の国ですから」

医師の発言とは思えなかったが、俺もその夢の国とやらに懸けてみたくなった。

昼食を取り、激しい乗り物を避けながら、結局二人で夜の九時まで遊んでしまった。

お土産もたくさん買った。

「尚美、具合はどうだ？　気分悪くないか？」

駐車場に停めた車の助手席に尚美を座らせて様子をうかがう。

「うん、大丈夫。迷惑かけちゃったけど、祐作のおかげで今日も楽しめたよ。また、来年が楽しみでしょうがない。ありがとうね」

心なしか午前中より尚美の顔色も良く見えたので、少し安心した。夢の国万歳。

「ありがとう。本当は、俺のために頑張ってくれたんだよな。無理させちゃってごめんな」

運転席で俺は、フロントガラスを見ながら呟いた。

そして助手席を見ることなく車を走らせたが、左横で涙を流す尚美の姿が俺には見えていた。

診断

　ゴールデンウィークが終わり、俺達は日常を取り戻した。ジャパンワンダーランドで尚美が体調を崩したので、用心してその後の連休は家で過ごすことにした。尚美は少しだけ後ろめたいようだったが、俺にとっても家で休養を取ることは好都合であり、時間がないとできない洗車や、二人で買い物に行ったり一緒に料理を作ったりして、穏やかに過ごした。

　五月も中旬に差し掛かった頃、青森出張の帰りの新幹線で、俺の携帯電話が鳴った。尚美からだ。また、帰りに牛乳とかアイスを買ってきてほしいとお願いでもされるのだろう。

「もしもし、山本さんの携帯ですか？」

　尚美ではない。しかし、どこかで聞いたことのある声だ。

「私、渡邊尚美さん、いや、山本尚美さんと一緒の病院で働いている同僚の戸塚（とつか）です。

ご自宅にお電話したのですがお留守だったようなので、奥様の携帯を拝借してお電話しました。すみません。奥様が病院内で倒れました。大事を取って、本日は入院することになりました。もし、病院に来ることができるようなら、お着替えを持ってきていただけないでしょうか？」

薬剤師の戸塚啓子さんからだった。何度かモニタリングの時に話したことがある。

「お電話、ありがとうございます。それで、妻の容体は、どんな感じなのでしょうか？」

少し慌てるように戸塚さんは答えた。

「睡眠薬を服用し、寝ています。容体については、私からは何もお伝えすることができません。病院に着かれましたら、担当の医師から説明させていただきます」

「分かりました。今は新幹線なのですが、あと一時間ほどで東京駅に着きます。一旦、家に着替えを取りに帰るので、病院に着くのは、午後八時過ぎになるかと思います」

俺は気が気ではなくなり、日本一速い新幹線「はやぶさ」が、なんて遅い乗り物なのかと恨んだ。

「山本さんは普段から来院いただいているからご存じだとは思いますが、午後八時では正面玄関は閉まっています。裏の救急口からお入りください。病室は三〇二号室です」

「いろいろとご迷惑をおかけしてすみません。急いで向かいます」
普段なら東京駅から在来線で横浜駅まで帰るものの、緊急事態ということもあり、東京駅から新幹線に乗り新横浜へ、そこからタクシーを飛ばして自宅まで帰った。

神奈川県立総合病院は横浜のみなとみらい地区にあり、自宅からは車で二十分くらい。俺が自宅に着いた時はすでに午後八時を回っていた。急いで尚美の洋服やパジャマをバッグに詰める。が、困ったのは下着だ。こんな時、何を持って行けばよいか分からない。とりあえず、二～三枚を手に取り、バッグに詰め込み、俺は着替えることなく病院に向かった。

三〇二号室は病院の救急口から近かった。普段も仕事上、病院の雰囲気には慣れているつもりではあったが、消毒液のにおいが混じった、生温かくて少し甘い感じの独特なにおいは、いつになっても好きになれない。夜間なので、静かにスライドドアを開けた。真っ暗な病室の窓側のベッドに尚美がいた。二人部屋らしかったが、たまたまもう一つのベッドは空いていた。尚美は俺が来たことに気が付かず、静かに眠っていた。睡眠薬を投与されているので、そう簡単に覚醒しないことは容易に想像できた。病院に到着してから三十分くらい経過した頃だろうか、静かに病室のドアが開いた。ゆっくりと物音を立てずに近づいてきたのは、電話をくれた戸塚さんだった。

「山本さん、ちょっと外で」

ナースステーション近くの休憩所に、戸塚さんに呼び出されて向かった。

「山本さん、奥様の携帯電話を拝借し、すみません。お返しします」

「いえ、こちらこそ、連絡をいただきありがとうございました。助かりました。戸塚さんは、私が来るのを待っていてくれたのでしょうか?」

こんな遅くまで待たせていたのなら、本当に申し訳ないことをしたと思い、俺はそう尋ねた。

「大丈夫です。私、今日は夜勤なのです」

そうか、調剤薬局と違い、病棟の薬剤師は夜勤がある。しかし、最近は働き方改革の一環として、子供がいたり介護が必要なご家族がいたりするスタッフは、夜勤のシフトから除外されると聞いたことがある。尚美も結婚前は週に二~三回の夜勤をしていたが、結婚後は室長の計らいによって、当分の間、夜勤が免除されたと、嬉しそうに話していたことを思い出した。しかし、その一方で、戸塚さん以外の女性薬剤師から妬まれているとも聞いた。戸塚さんは、誰かに聞かれることを気にしてかナースステーションのほうをチラッと見て、気まずそうに話し始めた。

「あと十分ほどしたら、あちらのナースステーションに奥様の担当医が来ます。担当医から、奥様の容体を聞いてください。奥様は、ご自宅でも気分が悪かったり、ふらついたりなさいますか?」

「すみません。お互いに多忙なので、あまり一緒にいる時間がないのですが、覚えている限りでは、心当たりがありません。ただ、ゴールデンウィークに倒れました。医師からは、貧血だろうと言われましたけど」

「そうですか。私は奥様とよくランチに出かけます。今年に入ってから、体調がすぐれないと言って、よくランチも残していたので、あまり具合が良くないのかなと思っていました」

本当に心配そうな表情をして、戸塚さんは話を続けた。

「奥様と私は同期なんです。毎年、新人が二人ほど入ってくるのですが、激務と先輩からの嫌がらせによって、一人残ればいいほうです。奥様も私も、お互いに励まし合いながら、かばい合いながら、今まで続けてくることができました。そんな状況でも、いつも笑顔の奥様だったので、ここ最近は本当に体調が悪いんだろうなと感じていました」

同僚の戸塚さんがこれだけ尚美の体調の変化に気付いているのに、夫である俺が何も気が付いていなかったことに腹が立った。

「すみません。長話をしてしまって。では、私は失礼します」

戸塚さんは足早に去っていった。

午後十時に差し掛かった頃、薄暗い病棟の廊下をトボトボと、先ほどの休憩所に歩を進めた。休憩所に入ろうとした時に、一人の看護師に声をかけられ、ナースステーションの椅子に座らされた。

間もなく担当医の室町孝志先生が、どことなく疲れた表情でやってきた。

「山本さん、夜遅くにすみません。先日いただいた治験実施計画書、再度、読み直しました。幾つか質問があるので、今度、教えてください。今日は、奥様の容体についてお話しします」

室町先生は抗癌剤治験の担当医師で、新しく立ち上げる治験に協力していただくため、先日アポをとり説明にうかがっている。医師という職業は過酷なものだ。さっきまでの疲れた表情を一切見せず、患者さんやその家族と対峙する。

「室町先生、夜分お疲れのところ、すみません。それで、容体のほうはどうなんでしょうか？」

通り一遍の言葉ではあったが、それ以外見つからなかった。

室町先生は淡々と、俺の質問に答えた。

「今のところ、微熱があるくらいで、特に変わったことはありません。念のため血液検査をしておきました。その結果を見てみないと分からないので現時点では診断はできません。ところで、奥様は、前にも同じように倒れたり気分が悪くなったりしましたか？」

その質問に、一瞬、大井パーキングエリアのことを思い出した。そうか、あの時も微熱があったから風に当たって少し気分が良くなったのか。

「はい、五月の初めに、体調不良を訴え、意識を失ったことがあります。鼻出血もありました」

「そうですか。最近、頻回に同じような症状があったということですね。奥様は過去に大きな病気や予防接種を受けたということはありますか？」

そう聞かれて、尚美とそのような話をしたことがないことに気付いた。

「すみません。過去の病気については聞いたことがないので、分かりません。おそらく、ないと思います。予防接種は薬剤師という職業柄、昨年の秋にインフルエンザの予防接種を受けていると思います」

室町先生は、少し考えたあと、視線を宙に泳がせながら答えた。

「そうですか。インフルエンザの予防接種は、時間的にも関係ないでしょうね。明日の血液検査の結果を見て、判断しましょう。何もなければ、すぐに退院ですよ。山本さんもあまり落ち込まないようにしてください。それと、仕事も忙しいのだから無理をせず、休養してください。山本さんまで倒れてしまいますよ。お大事に」

室町先生はナースステーションの看護師に何かの指示をして、再び暗い廊下を疲れた面持ちで去っていった。俺は、先生の後ろ姿に深く一礼した。

病室に戻り、ここで朝を迎えようか、それとも家で寝ようかと考えていた。疲れてはいるけれど、どうも目が冴えて仕方ない。だから一晩、尚美に付き添うことにした。

「――祐作…お…よう――」

遠くから声が聞こえた気がして目が覚めた。いつの間に寝てしまったのか、自分でも覚えていない。目を開けると尚美が俺の手を握りながら、囁いた。

「祐作。おはよう。昨日、ここに泊まったの？　風邪引くよ。寒かったでしょ。迷惑かけちゃったね。ごめん。私はたくさん寝たから、すごく快適」

「今、何時だ？」

時計を見ると、まだ朝の六時を回ったところだった。病院の朝は早い。この時間でも、看護師達は何もなかったかのように仕事をしている。

とりあえず今日は休暇を取ることにしよう。そう決めて休憩所まで行き、缶コーヒーを買って目覚ましに飲みながら、パソコンを開き上司に休暇の申請をした。

病院の売店が開く時間になり、俺は雑誌や飲み物を買いに向かった。女性誌を眺めながら、尚美が好きそうな雑誌が分からなくて、途方に暮れていた。尚美に聞いておくべきだった。ここで迷っていても仕方がないので、とりあえず平積みにされている二冊を手に取った。

病室に戻る途中、ナースステーションで、看護師から声をかけられた。

「山本さん、先ほど室町先生が探されていました。室町先生の外来が十時で一旦落ち着くそうなので、またここに来てください」

時計を見ると十時を少し過ぎたところだが、予定通りに診察が終わるとも考えにくい。

「分かりました。荷物を病室に置いて、戻ってきます。尚美も一緒のほうが良いですか？」

看護師は目を合わせることなく、こう言った。

「一緒でなくて大丈夫です。奥様は疲れていると思いますので、山本さんお一人で来てください」

検査結果が出たのだろう。一人だけで呼ばれるのは気が重い。

病室に戻ると、尚美に雑誌を渡した。

「俺さ、女性誌なんて興味ないから、何を買っていいか分からなくて、適当に買ってきた」

「相変わらず、趣味が悪いな。これ、十代から二十代前半向けのファッション誌じゃん。私にこんなキラキラした洋服、着ろってことか？」

尚美はニヤニヤしながら言う。

「俺さ、ちょっと仕事の電話したいから、外すね」

どことなく、嫌な予感がしたので、室町先生に呼ばれたとは言い出せず、尚美に嘘をついてしまった。

ナースステーションに戻ると、すでに室町先生は座っていて、俺を見つけるなりすぐに立ち上がり、カンファレンスルームに招き入れた。

「山本さん、奥様の血液検査の結果が出ました。率直に申し上げて、良い状態ではありません。異形リンパ球の増加が認められ、また白血球数もかなり増加しています。疲れ方や鼻出血があることからも、急性リンパ性白血病の症状と酷似しています。このまま入院していただき、詳しい検査と、今後の治療方針を決めていきたいと思います」

突然のことで、何がなんだか分からなくなった。職業上、先生の話している言葉を一言一句理解することができる。しかし、その内容を受け容れることは、到底できない。

「室町先生、尚美は治りますか？」

製薬会社に勤めているので、非若年性の急性リンパ性白血病の一年生存率が、一五〜三〇パーセント程度であることは知っていた。しかし、尚美の疾病に対して、この数値が当てはまらないでくれと願うばかりであった。

「山本さん、酷なことを言うかもしれませんが、私はその答えを持ち合わせていません。今言えることは、奥様の場合、かなり早期に発見されたので、治療の余地があるということです。釈迦に説法となりますが、根気強く奥様を支えてあげてください。我々も全力で治療に取り組ませていただきます。それと、山本さんにはもう一つ相談させていただきたいことがあります。奥様への告知についてです。奥様は薬剤師です。騙し騙し治療をしたとしても、おそらくご自分の病状には気付いてしまわれると思います。治療開始前に、お二人揃ったところで、私から告知させていただこうと思いますが、よろしいですか?」

モニタリングの最中に、カルテを閲覧することがある。その中の自由記載欄に、告知の時期や告知後の患者さんの精神的変化が、刻々と記載されていることはよくある。仕事柄、その記載内容と調査票に記載された内容に齟齬はないか、記述の中に副作用が隠れていないか、といった視点でしか見てこなかったが、実際に我が身に降りかかると、その重圧は計り知れないものなのだということを初めて知った。とにかく、何も考えられない。尚美の苦悩や絶望を想像しただけでも、気が変になる。いつもは患者さんのためにと思い仕事をしてきたが、この状況に立たされると、何故尚美が白血病になるのか、他の人でもよいではないか、と自己矛盾を起こした考えになってしまう。患者さん同様、そのご家族にも、精神的な葛藤があるのだと、俺は初めて気付かされた。

「室町先生、ご配慮ありがとうございます。でも、尚美への告知は、私にさせてくださ い。他人に見られていたら、尚美も素直に怒りや苦しみを表現できないと思います。だから、二人きりで話します。私が尚美の怒りと苦しみを、全力で受け止めます」

尚美を苦しみから解放できるような、優しい言葉をかけてあげられるか、尚美の怒りを本当に俺が受け止められるか、そんなことは分からない。具体的に思いつく方法もない。でも、告知だけは俺一人でしたい。ただ本能的にそう感じたのだ。

「山本さん、分かりました。山本さんのお考えを尊重します。手続き的なことを申し上げるようで恐縮ですが、可能な限り早く告知をお願いします。そして告知後、私にすみやかに知らせてください。一刻も早く治療に入りたいと思います」

「分かりました。ありがとうございました」

そう言って、俺はカンファレンスルームを後にした。放心状態で涙も出ない。何も考えられない。とにかく、のどが渇いて仕方がない。休憩所で冷たい缶コーヒーを買い、一気に飲み干した。尚美の待つ病室に帰る気になれず、病院の外に出てしばらく歩いていた。どこをどう歩いたのか、何時間くらい歩いたのか、まったく記憶に残っていない。ただただ、尚美の苦痛と向き合えるのか、尚美の心を救ってあげられるのか、そのことだけを考えながら彷徨っていた。そんなことを考えている俺が、実は自分自身で逃げ場を探しているだけなのではないかと感じ、俺という人間の醜さに失望していた。

告　知

病院に戻り、腕時計を見たら、午後六時を回っていた。道理で辺りが薄暗くなってきていたのだ。病室に戻る前にトイレで身だしなみを整えた。そして笑顔の練習をした。しかし、こんな人生のどん底の状態で作る笑顔など、子供が見ても作り笑いだと見破ってしまうだろう。今日伝えるべきか、明日にするべきか、来週にするべきか、自分の中の重圧に耐えきれず、つい逃げることばかり考えてしまう。いつもは綺麗事ばかり並べている製薬会社の社員であるが、いざとなると弱くて卑怯な人間になる。そんな自分が、つくづく嫌いになる。告知は早いに越したことはない。そうしないと、治療開始が遅れるばかりで、尚美のためにはならない。そう考え、自分の頬を三回、思いっきり叩いて、気合を入れた。

病室のドアを開けると、ちょうど夕飯が済んだところだった。尚美はニコッと笑って俺を見つめ、

「祐作、お帰り。仕事大変なの？　かなり長い時間帰ってこなかったから心配しちゃった。戸塚さんにも探してもらったんだから。暇で、パチンコでもしてたんじゃないでしょうね？」

「あ、ごめん。ちょっと抜けられない用事ができちゃってさ」

「抜けられない用事か。本当かな？」

尚美は小悪魔的な表情で、淡々と言葉を並べた。

「あ、あのさ、尚美」

と、俺が切り出した時だった。

尚美は大粒の涙を流しながら、俺にしがみつき細い声で呟いた。

「祐作、死にたくないよ」

尚美は仮にも薬学を学んできた人間であり、そして病院薬剤師という職業柄、臨床の現場で多くの患者さんを診てきた。多かれ少なかれ、自分が置かれている状況については、薄々感じていたのだろう。

「祐作、私ね、今日の昼に退院できなかったから、変だなって思ってたんだ。ただの過労や貧血なら、とっくに退院してるもん。それで、祐作も帰ってこないから、ますます不安になって、祐作が病室に入ってきた時の顔を見たら悟ったよ」

俺は珍しく弱気な尚美の言葉を聞いて、内心、ほっとしてしまった。それは告知をする重圧から解放されたからだ。本当に自分が情けなく、小さい人間であることを恨んだ。同時に、長い時間徘徊していたことが、逆に尚美の心にダメージを与えていたことを知り、自分の身勝手さに腹が立った。いつも人のためを思い行動してきたつもりだったが、人間、いざ追いつめられると自分のことしか考えられないことに、愕然とした。

「尚美、さっき、室町先生と話をしてきた。率直に言うと、急性の白血病だ。疲労、鼻出血、微熱、貧血の症状があったでしょ。すべて白血病に当てはまる症状だ。でも、幸いなことに発見が早かったから、早期治療ができる」

それは尚美にとって、なんの慰めにもならない言葉だった。

「私も、もしかしたら、そうかなって感じてた。一応、薬剤師だからね」

いつになく弱々しい声で、尚美は答えた。そんな尚美を力強く抱き寄せ、耳元で俺は囁いた。

「今の俺には、尚美の怒りや苦しみは分からない。だから、軽々しく気持ちが分かったようなことは言えない。病気になった本人にしか分からない気持ちだから。でも、尚美とこれからも、将来もずっと歩いて行こうと、本当にそう思う。だから、尚美は全力で治療を受けること、俺は全力で尚美をサポートすること。それだけを、当面考えていこうよ」

自分でも、半分何を言っているか分からなかったが、尚美はすべてを汲み取ってくれ、

「うん、そうだね。そうしようね」

と、涙を拭いながら答えた。

「私ね、すごく怖いかと思っていたけど、今はそれほどでもないの。単に病気に対する実感が湧いていないだけかもしれないけど、何より祐作に守られてるんだって感じる気持ちが強いからだと思う。だからと言って、祐作に無理を言おうとも思わない。できれば、祐作には普段通りの生活をしてほしい。精神的にも肉体的にも普段通り。そうしてくれないと、私の気持ちが壊れちゃうから」

尚美の精一杯の強がりだろう。鈍感な俺でも、そのくらいは分かる。絶対に全力で尚美を守っていきたい、この時、俺はそう感じた。

夜、尚美が寝た後、告知したことを室町先生に連絡した。そして、電話で尚美の両親にも伝えた。電話越しにもショックを受けている様子が伝わってきて、今すぐ病院に来

ると言っていたが、時間も遅いから明日にしていただくよう説得した。俺はパソコンを開き、上司と同僚に対して、妻の病状と、しばらく休暇をもらう旨を、メールで伝えた。繁忙期で、人手が足りないことは分かっていたが、俺にとっては仕事よりも尚美のほうが遥かに大事なので、誰に何を言われようが気にしない覚悟はできていた。会社は緊急時にも対応できるよう組織というものを作りたがるが、実際、一人欠けただけで、仕事が回らなかったりするものだ。そんな時、なんのための組織なのかと、いつも呆れてしまう。上に立ちたい人間、支配したい人間のための組織であり、緊急な対応は決してできない脆弱な組織だ。

治療

室町先生率いる五、六人のスタッフで尚美の治療チームが結成された。人事的な組織編成というものではなく、プロジェクトチーム的な位置付けだ。治療を開始するためには、多くの精密検査が必要である。中には患者さんの侵襲を伴うものや、検査中に不測の事態が生じる可能性のあるものもある。そのため、病院は検査方針や治療方針の説明を患者さんや患者家族に対して行い、患者さん本人の同意を得る。患者さんが成人でない場合や、患者さん本人の判断能力が著しく欠ける場合には、その親族から同意を得る。この説明と同意という行為は、第二次世界大戦中の出来事がきっかけになったと言われている。ナチスドイツはユダヤ人を迫害し、多くの人体実験を繰り返し行っていた。それは被験者への倫理的な配慮なしに、半ば強引なものが多かったと報告されている。この惨事を繰り返さないために、戦後にヘルシンキで開かれた世界医師会で、患者さんの権利が、医療行為よりも優先されなければならないという倫理的規範を定めた声明文、いわゆるヘルシンキ宣言が出された。つまり、医師は患者さんの権利を重く受け止め、治療行為が患者さんの利益に繋がると判断された時のみ治療をする。その前には、必ず患者さんが納得いくまで説明をし、患者さんが同意した後に治療行為を開始するといった手順が明文化されている。

現在、医療現場でこの説明と同意が行われているかもしれないが、ほとんどが不十分だと指摘されている。例えば、軽い感冒（一般的な風邪）で医療機関を受診した際、治療方法の説明を受け、同意書に署名したことがあるだろうか？　厄介な疾病になり、手術が必要となった際、医師は納得いくまで説明してくれているだろうか？　説明書という紙切れ一枚で、説明は本当に十分なのであろうか？　署名する際、医師から脅迫じみた発言はなかったであろうか？　本当に患者さん本人の自由意思によって署名されているのだろうか？

高齢化が進んだ日本では、来院患者の数が増加し、五分診療、十分診療が当たり前となっている。医師が多忙な状況では、十分な説明と同意が困難であることは明白だ。医師不足と言われている世の中で、行政の対応は適切なのか疑問が湧いてくる。患者さんの権利を保持するため説明をし同意を得るという行為だけでも、これだけ多くの問題が山積しているのだ。

しかし、室町先生は本当に患者さんの目線で治療してくださる先生で、どの患者さんに対しても丁寧に接している。技術や知識では部長レベル以上であるが、四十五歳を過ぎても、現場の一臨床医を貫いておられる。説明と同意にも非常に時間を割いてくれるので、どうしても他の医師よりも帰りが遅くなる室町先生は、病院側から見ると、生産性の低い医師であると言わざるを得ないのであろう。知識レベルや技術力以外に、白い巨塔で上り詰めるためには、政治力が必要なのである。これは、大手企業でも同じことだ。本当に尚美の主治医が室町先生で良かったと思った。

室町先生に尚美と俺が呼ばれ、検査方法と治療方法の説明を受けた。尚美の両親も同席したいと申し出たが、ショッキングな内容も含まれていることが想像できたので、心苦しかったが俺がお断りした。治験でも同意説明文書を使用するが、その内容を読んでいると、本当にこの治療法が最適なのか、製薬会社側の人間でも分からなくなる。

「山本尚美さんで間違いありませんか？」

当然、室町先生は尚美と面識があったが、患者さんの取り違え事件があって以来、このように本人確認から入るのが一般的である。

「ご存じの通り、これから尚美さんの治療を担当する室町とその助手です。全力で尚美さんの治療に当たらせていただきます。よろしくお願いします。まず、尚美さんの病気ですが、急性リンパ性白血病と言い、骨の奥で生成される血球が、異形に癌化し増殖する病気です。何も治療しなかった場合、余命は数か月〜一年程度と思われます。これはあくまでも統計的な数値です」

室町先生から余命の話を聞いた時、尚美の顔は強張った。そして、俺の顔を見上げながら手を握ってきたが、俺は軽く頷いて「大丈夫！」とサインを送った。室町先生はその後も丁寧に、検査のこと、最善と思われる治療方法のこと、その治療方法を選ばなかった時の代わりの治療法のこと、いつでも治療法を変更できること、治療法によるリスクや副作用のことなどを説明してくれた。尚美も俺も薬剤師であり、また医療に従事してきたので、室町先生の一言一句を容易に理解することができた。

室町先生と助手による説明は、二時間にも及んだ。

「最後に、ご質問はありますか？」

室町先生は老眼鏡を外しながらそう言った。

俺は、

「大丈夫です。質問はありません。よろしくお願いします」

と答えた。質問して、尚美に不安を与えたくなかったからだ。しかし、被せるようにして尚美が質問した。

「先生、先生が説明してくださった内容は理解できましたが、肝心なことを教えていただけていません。私は、治りますか？　治りませんか？　治るとしたら、どの程度の確率ですか？　治療を受けた場合、あとどれくらい祐作と過ごせますか？」

必死に涙を堪えながら、尚美はそう言った。その質問の答えがないことは俺も承知していた。だからこそ、余計に俺の中でも苛立ちが湧いてきた。

「尚美さん、申し訳ありませんが、明確な回答はありません。治癒することもありますが、治癒しないこともあります。これはあくまでも統計的なお話ですが、尚美さんと同じような病気で治癒された方は、一五～三〇パーセントです。この数値を低いと思うか、高いと思うか、それは今までの人生を精一杯生きてきたか、これからの人生をどのように生きたいか、その考えによっても違ってくるでしょう。今、尚美さんに必要なのは病気と真剣に対峙し、そして克服しようとする勇気と将来の希望だと、私は信じています」

統計的な数字は決して高くはない。しかし、室町先生の言葉に救われたのか、尚美は泣きながらも笑顔を作った。

「先生、私、頑張ります」

尚美の表情は凜々しく、俺の何十倍も強い人間であることを悟った。

尚美は同意書に署名をし、俺も立会人の欄に署名した。

その後、精密検査はすぐに開始された。


一週間後、俺は再び室町先生に呼び出された。

「山本さん、奥様は急性疾患なので、検査値が日に日に悪化しています。すぐにでも化学療法を開始します。以前、説明したように化学療法は副作用が必ず出ます。それも高度な副作用です。この副作用に耐えきれず、治療を断念する患者さんも少なくありません。山本さん、そこで重要なのがあなたの存在です。尚美さんの生きる希望の多くは、おそらくあなたでしょう。治療を成功させるためにも、できるだけ尚美さんの傍にいてあげてください」

室町先生に言われなくてもそうするつもりだった。患者さんの内面までケアしようとする先生は少なく、室町先生はやはり名医であることを俺は確信した。

「はい、そのつもりです」

　俺はすぐに会社に連絡した。

「もしもし、中曾根部長ですか？　妻の容体が良くないので、さらに休暇を申請したいと思います」

「山本、奥さんの状況は非常に残念だと思うが、君の担当している施設でもトラブルが多くって困っているんだよ。違うモニターを派遣しているが、どうも君の時のように上手にコミュニケーションが取れないと、施設側からも苦情が来ている。一度、担当医療機関の先生に状況をお話しし、引継ぎの代行のモニターを紹介してきてくれないか。それと、社内的に君が担当していたプロジェクトも、君がいないと誰も把握していなくて困っている。一度、会社に来てくれないか」

　中曾根部長の「残念」の一言は頭にきたが、会社の状況も目に浮かぶので、反論するのをやめた。中曾根部長は四十歳くらいのたたき上げの管理職で、常に上を見て仕事をしてきたので、人望は薄い。部下の管理などできるわけがなかった。案の定、組織という名の、一人職人の集団である。一人欠けると仕事が回らない。本来、管理職は不測の事態に備え、常にバックアップ態勢を考え、空いた穴を短期的に埋めるためにプロジェクト人員の配置を替えたり、他部署からの応援をお願いしたり、是が非でも仕事を止めないことを優先しなければならない。また、部下一人一人の家庭環境にアンテナを張り、状況を把握しておかなければならない。しかし、中曾根部長にそれは無理だ。上層部とは懇親会やゴルフによく付き合っているようであるが、部下とコミュニケーションを図ろうとしたことなど皆無だ。そんなことをしても個人的な利益に繋がらないとでも考えているのだろう。本来は部下にこそ敬意を払わねばならないが、日本には、中曾根部長と同じような管理職が蔓延しているのも事実だ。

「中曾根部長、申し訳ございません。妻の治療が一段落したら会社に顔を出します」

間髪を容れず中曾根部長は吠えた。

「だから、それはいつだよ。具体的に言ってくれないと、こちらも予定が立たないよ」

受話器越しでも、そうとう嫌気がさした俺は、少し怒った口調でこう答えた。

「中曾根部長、部長もお分かりだと思いますが、抗癌剤の治療が落ち着くには、最低でも二週間はかかります。その時に妻の容体が落ち着いているかどうかは、分かりません。製薬会社に勤務しているなら、もう少し患者さんの視点に立った物の見方をしてはいかがでしょうか。申し訳ありませんが、具体的にいつ出社できるか、今は分かりません」

中曾根部長は、部下から高圧的な発言をされたことがなかったのであろう。苛立ちが最高潮に達したのか、

「お前に言われなくても、そんなことは分かっている。でも、お前は俺に迷惑をかけているんだ。分かるか。そのことを忘れるな。会社に来ようが来まいが、お前の勝手にしろ」

と言って乱暴に電話を切った。

俺の中のフラストレーションの元が、一つ増えた。


化学療法が開始されて一週間、尚美は普段と変わらない様子で、副作用も出ていないようだった。この一週間、俺はこう言っていた。

「尚美、抗癌剤って副作用が強いらしい、だから、なんでもいい、変な感じがしたら、ちゃんと知らせるんだぞ」

この頃までの尚美はこう答えていた。

「会うたびに祐作はそう聞くけど、今のところ快調なのよ。特に違和感もないし、痛いところもないよ。心配しすぎだよ、祐作は」

その言葉を聞くたびに、俺は安心させられた。そう、自分が安心したいがために、この質問を毎回、尚美にしてしまうのかもしれない。そう考えたら、逃げ腰な自分が情けなかった。こんな些細な劣等感も、不安や不満に混在して積み重なっていった。

尚美が入院してから、朝の九時から夕方の四時まで病院にいて、常に尚美と接するようにしていた。大学時代も社会人になってからも結婚後も、これほど多くの時間を二人きりで過ごしたことがなかったので、貴重で良い時間に思えてしょうがない。状況が入院であるのでふさわしくない感情だと思うのだが、そう思わなければ、二人の心の糸がプツンと切れそうだった。

さらに一週間が過ぎた頃から、副作用が尚美を襲い始めた。強い吐き気と脱毛だ。これらは、化学療法を受ける患者さんの多くが経験する。尚美も覚悟していたのか、用意していたニット帽を被るようになった。それと、吐き気の影響で摂食できず、体重も激減した。しかし救いなのが、血球系の数値の増加が抑えられているという効果が見られたことだった。尚美も俺も、つらい副作用を経験しながらも、治癒への一筋の希望を感じていた。多くの患者さんが化学療法の副作用に耐えられず治療を断念するように、尚美も俺も結果が良好であるという朗報がなかったら、途中でやめていたかもしれない。

室町先生ら治療チームは、

「化学療法の成果に加え、放射線療法を併用することにより、癌細胞の死滅を目指したい」

と、尚美と俺に告げてきた。放射線治療が加わると、さらに副作用が増すことは想像できたものの、尚美はその提案を快諾した。誰よりも生きたいと思う気持ちが、尚美を支えているのだろう。

化学療法と放射線療法の併用はさらなる効果をもたらした。副作用のせいで、体重の減少と脱毛は続いたが、検査結果は良好で、退院の許可が出た。退院と言っても、頻回の外来が必要だが、患者さんにとって自宅とは、かけがえのない居場所なのである。尚美にとってもそれは同じで、退院を心待ちにしていた。俺は退院の手続きをしに事務窓口に向かい、これまでの治療費を支払った。健康保険で賄ってはいるが、福沢諭吉が描かれている日本銀行券を百枚近く支払うとなると、少し戸惑うものである。日本政府の台所事情が厳しいことは理解しているつもりだが、崩壊寸前な社会保障を実感すると、何故もっと前から取り組まなかったのかという疑問しか起こらない。国民も目先の利益のみを追求し、消費税や所得税の増税に反発してきた。何よりも選挙が大事な政治家達は、国民の民意だと偽りながら、増税を先送りにしてきた。そのつけが、これからの若者を苦しめることになると知っていても。日本にとって社会保障の充実は急務であるにもかかわらず、消費税増税の先送りの一方で、高額な戦闘機の購入、他国への高額な経済支援等、政治家の戦略には多くの矛盾がある。どれも必要なことだとは分かっているが、それは国民が健康であり、社会生活を普通に営むことができる基盤があってこそで、日本国民が健康でなければ、戦闘機も経済支援も意味がない。高額な医療費を支払いながら、諸刃の剣の日本の社会保障を心の中で皮肉った。

病室に戻ると尚美は退院のための荷造りをしていた。ここ数か月で、一番良い表情をしている。とても嬉しそうだ。そんな尚美を見ていると、俺も救われる。

「祐作、帰りにスーパーに寄ってくれる。今日は気分がいいから、何か作りたい。何が食べたい？　言って」

もちろん、そんな無理をさせてはいけないので断ろうとしたが、俺の意見など尚美が聞くはずもない。だから手間のかからない料理を敢えて選んだ。

「今日は、シチューにしよう。病院のカフェではカレーとかハンバーグとかは食べられるけど、シチューはメニューになかった。尚美の好きな駅前のパン屋でおいしいパンも買ってさ」

嬉しそうに尚美も応える。

「え？　久しぶりだから、懐石料理とか作っちゃおうかと思ってたんだけど、シチューでいいの？　さては、私に気を使ってるな」

俺の気遣いや嘘は、尚美には通用しない。すべて、バレている。

「でも、祐作のそういうところ、好きだよ。よし、今日はシチュー作ろうか。でもさ、夏だよ。シチューって時期じゃないんじゃない？」

治療を開始してから三か月、今は九月の中旬だ。でも日中は相変わらず気温三十度を超える猛暑が続いている。確かに、尚美の言う通り、シチューという気分ではない。

「暑いからこそ、シチューなんだよ。ほら、夏にはよくカレーフェアとかやるじゃん。あれと一緒」

俺は根拠なく、そう答えた。

夕暮れの中、近所のスーパーで食材を買い、駅前のパン屋でパンを買って家に帰った。

疲れた様子の尚美を抱きかかえるようにして玄関のドアを開けた。少し荒れた我が家を見て、目を細くし俺の顔を睨みながら、尚美は言った。

「やっぱり、家は落ち着くね。でも、かなりゴミが散らかっているけどね」

「だってさ、昼間は病院で、夜にコンビニ弁当を買って帰って、食べたら疲れて寝ちゃってたから、しょうがなくない？　でも、尚美が退院すると思って、ほら、これ買ってきたんだよ」

テーブルの上に置いておいた一輪の赤いバラを指差してそう言った。

「うーん、祐作の柄ではないな。この一輪挿し、祐作が演出すると、かなりキモい」でも、尚美は嬉しそうだった。心の中では「ありがとう」と言っている声が、ちゃんと俺には聞こえていた。

「片づけは、あとで俺がやるから、シチュー作ろっか」

尚美と俺は一緒にキッチンに立ち、俺は野菜の皮むき、尚美は鍋の準備に取り掛かった。そんな尚美を後ろから抱きしめて、

「おかえり」

と呟いた。その体は、一回りも二回りも小さくなったように感じられた。

尚美は答えるように、優しく呟いた。

「ただいま」

休息

九月も下旬に差し掛かろうとしていた。尚美の体調は問題なく、一人で通院することもできるようになったため、俺は会社に行くことにした。出社すると、同僚や先輩が、まるでお化けでも見るような顔で、俺のことを見ていた。おそらく、中曾根部長に何か吹き込まれたのであろう。同僚や先輩にも家庭がある。守らなければならないものがある以上、俺を擁護するよりも部長サイドについたほうが安全と考えるのは当然であり、俺はそんな彼らを責める気にはなれない。中には、俺の仕事のフォローに回り、大変な思いをした同僚や先輩がいたかもしれない。もしかしたら、本当に恨まれているかもしれない。しかし、今の俺にとって、そんなことはどうでもよいことだった。中曾根部長が俺の後から出社してきた。案の定、すぐに会議室に呼び出され、こってりと嫌味を言われた。今は平常心を少しは保てるようになったので、俺は部長の言葉を真摯に受け止め、仕事に集中することにした。

デスクに戻り資料を整理していると、同僚の栗木理恵(くりきりえ)がそっと俺にメモを渡してきた。そこには「今日の午後一時、駅前のいつものカフェ」と書かれていた。

午後から大阪に出張予定だったので、荷物をまとめて会社を出て、栗木が待っているであろう場所に向かった。そのカフェとは最近アメリカから進出してきたコーヒーショップ。二十～三十代のサラリーマンやＯＬをターゲットとした、清潔感のある店だ。ビーンズの店名通り、コーヒー豆だけでなく、いろいろな豆を買うことができて、特に若い女性には人気がある。もちろん、軽食やケーキなども取り揃えている。まだ昼休憩の会社員が大勢いて空席がなかった。その店内を見回すと、一番奥の窓側の席に女性が一人で座っていた。栗木だ。国公立大学院の修士修了で、中途入社であるが俺と同じ歳なので何故か気が合った。彼女は普段から眼鏡をかけていて、スタイルや風貌は間違いなくキャリアウーマンを思わせる。その整った顔は、先輩社員から絶大な人気があった。俺と栗木の仲が良いことを妬み、先輩から嫌がらせを受けたことも数多くあった。

「栗木、お待たせ。会社で声かけてくれるの、お前だけだよ」

栗木はすぐさま、

「声はかけてない。メモ渡しただけでしょ」

と言った。いつも冷静で客観的な栗木らしい切り返しだ。

「そっか、確かに。ちょっとコーヒー買ってくるよ」

小銭を手にその場を離れようとする俺を、栗木は、「何故、まだ待たせる」と言わんばかりの睨むような顔で見ていた。コーヒーを片手に栗木の席に戻った。栗木は「そこに座れ」と言わんばかりに、対面の椅子に置いていた自分の鞄を退けた。

「ごめん、ごめん、でさ、用件は何？」

「用件がなきゃ、呼び出しちゃいけないの？　久々に話したかったけど、社内だとちょっと面倒だからさ。呼び出してごめんね」

「あ、そうだよな。誘ってくれてありがとな。俺も社内で栗木と話していると、先輩達の目が気になってな。休み中、ずいぶんと迷惑かけたんじゃない？」

「そうそう、すっごく迷惑だった」

もちろん、冗談とすぐ分かるように軽い口調で栗木は答えた。

「最初は、中曾根部長の命令で、先輩達が山本君の仕事のフォローしてたんだけど、結局回らなくて、私がすべて引き受けました。だから、安心して」

勝ち誇ったようなドヤ顔で、俺を見つめた。

「栗木、悪かったな。今度何か奢るから許して」

「了解、ダイヤモンドが装飾されたブランドの時計がいいかな?」

いたずらっぽい表情で、ニヤニヤしながら言った。

「冗談よせよ。今、治療費払ってて、そんなお金ないよ」

俺は、少しだけ真に受けて答えた。

「で、奥さんの容体はどうなの? 安定したの?」

栗木は真剣な顔で問いかけた。俺は尚美の治療の経過を話した。栗木は真剣に聞いていた。

話し終わった時、栗木はこう言った。

「案外、元気そうで安心した。山本君、もっと落ち込んでいるかと思ったから、今日、話が聞けて良かったよ。患者さんのご家族って、ただでさえ介護で滅入っているのに、周囲の環境とか、会社への対応とかで、さらに滅入ってしまって、うつ病になる人も多いみたい。だから、山本君は大丈夫かなって確かめたかったんだ。大丈夫そうだね。でも、何か心配事があったら、いや違うな、何か吐き出したいことがあったら、電話して。精神的に限界になってからじゃ遅いよ」

栗木の言葉に助けられたような気がした一方で、俺もかなりのストレスを抱えていることに気が付いた。そう言えば最近、白髪が増えたかもしれない。

最後に栗木は、またいたずらっぽい表情になってこう言った。

「奥さんの介護に疲れたら、私が山本君の面倒見てあげるね」

冗談にしては度を越えているように感じたが、これが栗木の応援の仕方なのだ。キャリアウーマンを気取っている外見からは想像できないが、俺の前ではこういう優しさを見せる。

「栗木、ありがとう。あ、新幹線の時間になるから、俺、行くな」

「うん、気を付けて」


出張から帰ると尚美が元気に出迎えてくれた。そして、笑顔でこう言った。

「ねえ、今から山ピーが来るよ。今日、たまたま横浜に出張だったみたい。迷惑だった?」

山下が遊びに来てくれるのは大歓迎だが、いつもと違う環境で尚美の体調が崩れるのではないかと少し心配だった。

しかし、一時間経っても山下は来なかった。空腹が最高潮に達していて、尚美の体調に悪影響を与えるのも怖かったので、先に夕食を食べることにした。

「尚美、山ピー遅いから、ご飯食べ始めようか？」

そう言うと尚美は少し不貞腐れ顔になる。

「あと三十分待たない？　それでも来なかったら、食べよう」

そんな会話をしていた最中、チャイムが鳴った。インターホン越しに映ったのは、まさしく山下の姿だった。

「山ピー、遅いじゃねーかよ。尚美が病気なんだから、急いで来い」

「わりい、わりい、ちょっと迷った」

「迷ったって、お前、うちに来るの初めてじゃないだろが」

「うん、五回目くらいだな。まあ、いいじゃないか。こうして再び会えたんだから」

俺の背後から、尚美も顔を出した。

「山ピー、いらっしゃい」

玄関に立っていた山ピーの顔が一瞬強張った。それは想像していた尚美の風貌ではなかったからだろう。大学時代に比べて、尚美の体重は十五キロ減っていた。山ピーは持ち前のアドリブで、こう切り返した。

「尚美、久しぶり。祐作から瀕死状態って聞いてたから、もっと酷い様子かと思ってた。病床に伏しているとかさ。でも、元気そうじゃんか」

山下は照れ屋なので、素直に自分を表現できない。だからいつも皮肉ぶった言い方をする。尚美も俺もそんなことは百も承知なので、山下の口の悪さを冗談として受け止めることができる。尚美はそんな山下の言葉に、懐かしさを感じているようだった。

「山ピーは、大阪でどうなのよ。彼女できた？　私の薬剤部、独身女性多いから、紹介しようか？」

尚美がそう言うと、山下は少し照れながら答えた。

「おいおい、よせよ。ＭＲなんて転勤族だろ。彼女つくったって、すぐに遠距離恋愛になっちゃうから、関東に戻ってくるまでは、彼女なんてつくらないの」

「彼女つくらないじゃなくて、彼女ができないの間違いじゃないの？」

俺が被せるようにそう言うと、尚美も同調した。

「私もそう思う。だって、山ピーは優しいのに、いざ女の子の前だとおちゃらけてみせて、わざと印象を過小評価させようとする。なんで、そんな損をするようなことをするのかな？」

尚美は本当の理由を分かっていないようだった。その鈍感さは天然を超えているように思った。山下は大学時代から尚美に恋心を抱いていて、今でも尚美のことが忘れられないから、本能的に他の女の子を突き放そうとしてしまうのだ。俺はそのことに気付いていた。

この日、下らない話を三人で夜中までして、大学時代を思い出しては笑い、楽しく過ごした。仕事が上手くいっている時も充実感はあるが、こうやって親しい同僚や友人と取るに足らない話をしながら笑い合うことは、本当に有意義で欠かせない時間だと思った。多くの患者さんやそのご家族にとって、心を通わせられる友人が傍にいることは、闘病や介護の大きな支えになるのだと感じた。

衝撃

退院してから三週間、尚美の容体は安定していて、俺も仕事に集中していた。

そんなある日、青森の施設に栗木と同行訪問しようと新幹線に乗った時、俺の携帯電話が鳴った。室町先生からだ。朝、家を出る時の尚美が元気そうだったので、嫌な予感はなかったのだが……。

「はい、山本です」

「あ、山本さん。奥様のことでお話があるのですが、本日、病院に来ることはできますか？」

雲行きが、急に怪しくなってきた。

「室町先生、それはどういうことですか？　容体が急変しましたか？　今、尚美は大丈夫ですか？」

「はい、奥様は大丈夫です。しかし、実際にお会いしてからお話ししたいと思いますので、今日か明日の早いうちに、病院にいらしていただけますでしょうか？」

俺は栗木とアイコンタクトしながら、答えた。

「分かりました。今、新幹線に乗って東京を出たばかりなので、途中下車して向かいます」

急に冷や汗が出てきた。大したことがなかったら電話で内容を伝えるはずだし、大体、電話などかけてこない。俺は即座に栗木に状況を説明した。

「山本君、私なら一人で大丈夫。だから、病院に行って」

普段クールな栗木も、少し緊張した面持ちでそう言った。

「栗木、ごめんな。また、しばらくの間、迷惑かけることになるかもしれない」

栗木と俺は、無言で次の停車駅まで過ごした。俺は頭の中が整理できず、栗木もかける言葉が見つからなかったのだと思う。

新幹線はすぐに上野駅に停車した。

「栗木、悪い。後は頼んだ」

棚に置いていたジャケットを猛然とつかみ取り、新幹線を降りるとホームをダッシュした。俺の背中に向かって、栗木は、

「うん。気を付けて」

と、控えめな声で叫んだ。

俺は山手線のホームまで走った。流石、北の玄関口の上野だ。ホームがいくつもあり、なかなか山手線にたどり着かない。増築に増築を重ねた上野駅は迷宮だ。北の玄関口の称号を東京駅に奪われようとしているが、上野の複雑さも負けてはいない。山手線のホームにたどり着いた頃、鞄を新幹線に忘れてきたことに気が付いた。幸い、財布と携帯電話は身に付けていたので、すぐに必要なものはなかったが、会社のパソコンが鞄に入っている。中には会社の機密情報、医師の個人情報、匿名化はされているが患者さんの情報など、多くの情報が保管されている。紛失すると大変なことになる。急いで、栗木に連絡した。

「もしもし、栗木。俺、鞄を棚に忘れたみたいだ」

「ちょっと待って。確認する」

数秒間の沈黙の後、栗木から応答があった。

「うん、あったよ。私が預かっておくから心配しないで。今は奥さんに集中しなさい」

そのまま鞄は栗木に託すこととした。

病院に着くと、まだ外来の真っただ中の時間で、ロビーには患者さんが溢れていた。足早に血液内科まで行き、看護師に尋ねた。

「すみません。山本尚美の夫です。尚美はどこですか？」

看護師は、事務のパソコンから妻の名前を検索してからこう言った。

「山本さん、今、奥様は検査中です。室町先生がお会いしたいと言っていますので、カンファレンスルームでお待ちください」

一時間経過した頃、カンファレンスルームに室町先生が現れた。午前中の外来が多く、なかなか来られなかったのだろう。室町先生とは、そういう医師だ。

「山本さん、こちらから呼んでおいて、大変待たせてしまいすみません」

よれよれの白衣の胸ポケットから老眼鏡とボールペンを取り出して、手元の資料をこちら側に向け、説明を始めた。

「山本さん、時間もありませんし、率直に、言葉を選ばず説明させていただきます。奥様の病状が変化しました。検査結果から再発した可能性が高いです。化学療法と放射線療法は良好だったのですが、成人の白血病では半分くらいの確率で再発してしまいます。再発の場合、抗癌剤がかなり限られてきますし、治癒の確率は一段と低くなります。骨髄移植も視野に入れていますが、残念ながら尚美さんのご両親はドナーとして適合しなかったため、骨髄ドナーバンクからの連絡を待っている状況です。つまり、治療に限界があるということです」

　今朝まであれだけ元気だった尚美が、何故なんだ――。

　室町先生の言葉が鈍器となり、俺の頭を直撃した。意識が朦朧（もうろう）としてきた。何も考えられないが、本能的に俺は聞いていた。

「室町先生、尚美は、死ぬんですか？」

　室町先生は視線を落とし、唇を噛みしめた後、俺の問いに答えた。

「できる限りの治療はしたいと思います。しかし、新たに投与する抗癌剤が効かなかった場合、奥様に残された時間は、長くないと思います」

　製薬会社で働いていて、オンコロジー領域を担当している俺は、再発後の抗癌剤の効果がかなり低いことは承知していた。さらに、化学療法と放射線療法を長期に実施してきたので、新しい抗癌剤の投与によって、体力が限界を迎えることもある。

「室町先生、尚美に会えますか？」

　俺は判断に迷っていた。新しい抗癌剤を投与すると、今以上に尚美はつらくなる。副作用もさらに出るだろう。

そこまでして余命を数か月延ばすことに、果たして意味はあるのだろうか？

尚美のためになるのだろうか？

どれだけ自問自答しても、答えは出ない。

そんなことを考えながらも、看護師に連れられ、帽子、マスク、白衣を着用して緊急治療室に入った。

額にうっすらと汗をかいた尚美が、酸素吸入をしながら横たわっていた。感染症を起こしやすいため、尚美に触れることもできない。俺の気配に気が付いたのか、尚美はうっすらと目を開けた。そして、口を開けて「祐作」と言っていた。

でも、声は届いてこなかった。

病院の休憩所で何時間過ごしたのだろう。何度も何度も自問自答を繰り返し、気が付けば午後八時を回っていた。看護師が俺に近寄り声をかけた。

「山本さん、奥様の状態、だいぶ良くなりました。今ならお話ができるようです。室町先生の許可も取ってあります」

「ありがとうございます」

俺は急いで緊急治療室に向かった。帽子、マスク、白衣を着用するのがもどかしい。

「尚美、尚美、大丈夫か？」

見た目から大丈夫そうではない尚美に「大丈夫か」と問いかけるのは愚問であるが、それ以外の言葉が見つからなかった。尚美は少し頬を緩めて答えた。

「午前中よりね。でも気分は最悪。熱もあるみたいだから、体がだるい」

いつもなら、調子が悪くても「大丈夫」と答える尚美だが、やはり心も弱っているのだろう。今にも涙が出そうな俺に向かって、尚美は話し続けた。

「私、再発したんだよね？　この病気になった時から覚悟はしていたけど、最近調子が良かったから、私は大丈夫かなって思ってたのに。悔しいな」

病気を恨んでも仕方ないことだが、本当に俺も悔しい。まして、化学療法と放射線療法で回復に向かっていた矢先のことだったので、なおさらだ。こんな思いをするなら、いっそ軽快しなければよかったのにと、そんな不謹慎なことも考えてしまう。

「尚美、よく聞いてくれ。再発しても治療法は残されている。でも、その治療法が効く確率は、決して高くない。仮に、治療法が効いたとしても、数か月、命が延びるだけかもしれない。それから、副作用は今まで以上にきつくなる。あまり、期待できないけど、新しい抗癌剤を使ってみるか?」

尚美にこんなことは言いたくなかった。でも、俺だけでは、どうしても答えが出ない。尚美の意思を最大限に尊重しないと次に進めない。そう思い、尚美に問いかけた。

「祐作。祐作が迷惑でなければ、もちろんチャレンジしたいよ。でも、祐作がつらいようなら……やめる。迷惑でなければ、一秒でも長く、祐作といたい」

その言葉を聞いて、俺は覚悟ができた。足早に室町先生を訪ね、再発後の抗癌剤の投与をお願いした。


やはり、再発後の化学療法には限界があるのだろうか。一週間が経過しても、なかなか尚美の病状は良くならない。フラストレーションと疲れで、俺は精神的に追い詰められてきた。また、検査結果が良くならないことに対する焦りもあった。

そんな時、栗木から電話をもらった。

「山本君、奥さんの容体、どう?」

俺はそれどころではなかったが、

「俺がさ、また休んでいるということは、良くないということだよ。それくらい、栗木にだって分かるだろ」

少し苛立った声でそう答えた。しかし栗木はめげずに続ける。

「ごめん、怒らせるつもりじゃないけど、今夜、家に来ない？　会社のパソコンが入った鞄を預かりっぱなしだし、大事な話があるの」

当然、俺はそれどころではない。

「行けるわけないだろ。尚美が病床に伏していて、その旦那が独身女性の家に行ったら、おかしいだろ」

すると、栗木はクスクスと笑って、

「もちろん、奥さんのことで話があるのよ。誘ってないから、安心して」

と、尚美のことだと言われたが、俺にはさっぱり見当がつかなかった。

交渉

＊

数日前、栗木理恵は帝都大学医学部の血液内科の教授室にいた。

「南原(なんばら)教授、遅い時間にお時間を頂戴してありがとうございました。折り入ってお願いがありまして、お邪魔させていただきました」

栗木はやり手のモニターなので、帝都大学の教授といえども、いとも簡単にアポを取ることができた。

「ああ、今日は特にカンファレンスも学会の寄り合いもなかったからね。で、頼み事というのは、何かね」

退官間近ではあるが、南原教授と言えば、血液内科医でその名を知らない人はいないほどの権威である。中肉中背ではあるが、威厳と自信に満ち溢れたその風貌は会う人に威圧感を与える。

「はい、南原先生にお願いしている治験のことでお願いに参りました。現在、弊社が依頼している再生医療等製品の治験の件です。弊社と先生の契約や国からの助成金の問題で、帝都大学以外で治験を実施することができません」

もともと、再生医療の製剤開発の研究は南原教授率いる帝都大学でスタートし、共同開発という名目で、そのライセンスの一部をアメリカの親会社が購入した。親会社と南原教授は再生医療の製剤開発に関する独占契約を締結していて、南原教授の許可なしに、その知的財産を他施設と共有することはできないのだ。大学病院は、一般診療よりも臨床研究を主な仕事としている。しかし、臨床研究には多大な費用がかかる。そのため、国が一部を援助するのだが、それでも金策が上手くいかない場合がほとんど。だから、製薬会社が薬になりそうな研究を見つけては、膨大な費用をかけて援助するのである。

「そうだね。契約に基づいて、御社の再生医療等製品の開発については、ここだけで実施しているからね」

「そこで、南原教授にお願いがあります。ある患者さんを救うために、ここ帝都大学病院に転院させて、治験を受けていただきたいのですが、ご検討願えませんでしょうか？」

無理を承知で、栗木はそう言った。

南原教授は少し困った表情を見せた。

「栗木君、治験の症例はすでに十五人が登録を完了している。今いるスタッフは全員で五人だ。これ以上の患者さんを診ることは、物理的に不可能だ。医療ミスを引き起こしかねない。大体、治験という研究に、個人的な感情だけで患者さんを巻き込むことは言語道断だよ。そんなことは、栗木君が一番よく分かっているだろう?」

「はい、重々承知しております」

「だったら、そんな無理は言わんでくれよ。大体、今はベッドにも空きがないし、当病院で引き受けるわけにはいかない」

栗木は、ここで引くわけにはいかなかった。

この話を出した時点で南原教授の機嫌を損ねてしまっている以上、明日にでも会社に苦情の電話が来るに違いない。そうしたら、栗木のキャリアに影響が出ることは間違いない。

「では、無理を承知で、他の施設も治験参加施設として加えていただけないでしょうか?」

南原教授の怒りはさらに加速した。

「君ね、あの治験は帝都大学の威信をかけたプロジェクトなんだよ。その功績は日本医学会に激震を走らせる。他施設と共同研究で実施するなんて、そんなことができるわけがないだろう。次期学会長選にも影響してしまう」

「南原教授のおっしゃることは、ごもっともです。でも、本当に助けたい人がいるのです。なんとかお力をお貸しいただけないでしょうか？　一昔前でしたら、研究費の増額や謝礼金の追加もできたのですが、今はコンプライアンスが厳しく、それもできません。ですので、私ができるのはお願いすることだけなのです」

「コンプライアンスが厳しいのは、当大学も同じだよ。そのようなお金を受け取ることはできない。今日のところは帰ってくれないか」

南原教授は席を立ち、ドア近くの電話に手を掛けた。

「では、南原教授、私が教授の言うことを何でも聞きます」

栗木は南原教授の後ろ姿に向かって土下座をした。

南原教授は、一瞬手を止めた。そして静かに振り返った。

「栗木君、私と刺し違えるつもりかね」

南原教授の怒りのトーンが下がったように感じられた。

「……直りなさい」

栗木は少しだけ顔を上げた。

すると南原教授は徐々に表情を和らげ、話し続けた。

「ハハッハ、これは面白い。なかなかの度胸だ。最近は、私に意見する人はいなくなった。だが、君の申し出は断る。君がいくら私の言うことを聞いてくれても、なんの役にも立たない」

南原教授にそう言われた瞬間、栗木は無力感に苛まれた。誰よりも勉強し、誰よりも努力してきたからこそ、余計にそう感じたのかもしれない。

南原教授はしゃがみ込み、栗木と目線を合わせてこう呟いた。

「それで、助けたい人とは、君の恋人かね？」

栗木は視線を落とし、答えた。

「いえ、同僚の奥様です」

南原教授は目を丸くして、こう言った。

「なんと、君からしたら赤の他人じゃないか。赤の他人を助けるため、私に啖呵を切ったのかね？」

しばらく沈黙があり、南原教授はまた笑い始めた。

「ハハッハ、これは愉快。ますます気に入った。それで、その方は治験の症例として適格なのかね？」

栗木は一瞬言葉にするのをためらった。何度、治験実施計画書を読み直しても、年齢の上限を超えている。

「いいえ、治験実施計画書では十八歳までエントリー可能です。でも、彼女は二十九歳です」

南原教授は難しそうな顔をして、こう言った。

「若年性のほうが、治癒の可能性が高い。しかし、非若年性だからと言って、効かないというわけでもない。とはいえ、治験実施計画書からの逸脱は、御社にとっても問題になるのではないか？」

「はい。ですので、本国に連絡して事前逸脱許可を取得したいと考えています。また、このデータは、残念ながら解析の対象となることはないので、厚労省に提出する時も、除外症例として取り扱わせます。しかし、患者さんにとっては、そんなことはどうでも良いことなのではないでしょうか？」

南原教授はうつむき加減でしばらく沈黙し、何かを考えているようであった。

「君の熱意は、分かった。でも、私の一存では決められないのも事実だ。明日の早朝、カンファレンスがあるので、関係者の意見を聞いてみることにしよう。その後、君の会社に連絡する。それでいいかな？」

緊張が急に解けて、栗木は少し眩暈を感じていた。そんな栗木に南原教授が質問した。

「それで、参加させたい病院とはどこだね？」

「はい、神奈川県立総合病院です。依頼しようとしている先生は、室町先生です」

「なるほど、室町先生か。学会で何度か会って、研究発表を聴いたよ。なかなかの努力家だね」

交渉が終わった栗木は、最後にお礼を言った。

「南原教授、本当にありがとうございます。この御恩は忘れません」

嬉しそうな表情をして、南原教授もこう言った。

「赤の他人のためにここまでするとは、君も変わり者だな。その同僚のことが、好きなのか？」

「はい」

栗木は恥じらいもなく、そう答えた。

「そうか。君も悲しい人生を生きているんだな。しかし、人が人を愛するということは素晴らしいことだ。たとえそれが叶わなかったとしても、その感情は無駄ではない。誇りに思いなさい」

栗木は、まさかこのような感情的な言葉を南原教授から聞くとは思わず、驚きを隠せなかった。人を見た目で判断してはいけないのだ。

急いで栗木は会社に戻り、治験実施施設の追加申請書を作成した。すでに帰宅した中曾根部長の承認が必要なので、部長のトレイに申請書と、採血から製品加工までの追加の工程スケジュールの予約も入れた。本来であれば室町先生の許諾後に揃える資料ではあるが、時間がない。上手く進むと仮定した上での見切り発車なので、後々、社内監査で問題になることは覚悟の上だった。

翌朝、中曾根部長が栗木の所にやってきた。

「栗木さん、ＣＡＲＴ００１の治験だけど、治験実施施設の追加申請が出ていました。これは、どういうことですか？　大体、南原教授が許可するわけがないでしょ」

その時、ちょうどタイミングよく、電話が鳴った。

「中曾根部長、帝都大の南原教授からお電話です」

中曾根部長は、慌てて電話に出た。

「お待たせしました。中曾根です。南原教授、ご無沙汰しておりすみません」

南原教授と中曾根部長の電話が終わった。案の定、中曾根部長は再び栗木の所にやってきた。

「栗木さん、どんなネゴをしたか知らないが、南原教授が神奈川県立総合病院を治験に参加させたいと言ってきた。これは、どういうことだ」

栗木は、何も知らないような振りをして、こう答えた。

「私は何も知りません。昨夜、帝都大にモニタリングに行った際、南原教授に呼ばれて、神奈川県立総合病院を加えると伺ったまでです」

そうは言ったものの、同僚の何人かは山本祐作の家族の件で栗木が動いたことを察知していた。

＊

栗木から電話をもらった俺は、彼女のマンションに向かっていた。俺が栗木の部屋に行くのは二回目。飲み会で栗木が酔いつぶれた時、同僚の二、三人で送り届けて以来だ。製薬会社の社員は給料がいい。二十九歳の若さでも生活に余裕がある。栗木の住むワンルームマンションも家賃は十五万円くらいするだろう。

エントランスで部屋番号を押すと、インターホン越しに栗木が答えた。

「遅い。ビール買ってきた？　まあ、いいから入って」

部屋に入ると、想像以上に整理整頓されていたので少し驚いた。毎日多忙な日々を過ごしていても、掃除が行き届いている。以前来た時も生活感がなかったが、それにしても片付いていていた。

「何か飲む？　ビール？　ワイン？」

栗木はそう言ったが、アルコールを飲む気分でないのは栗木も分かっていたようで、

「コーヒーだね」

と、笑って答えた。

コーヒーを淹れながら、曇った眼鏡を一瞬外したその顔は、本当に美しかった。色白

で目鼻立ちもはっきりしていて、先輩達が放っておかない訳が分かる。

「それで、尚美に関する話って何だよ」

「うん、神奈川県立総合病院で、ＣＡＲＴ００１の治験をやらないか、室町先生に聞いてくれない？　ほら、私の担当施設じゃないからさ」

　突然の話で、混乱した。でも、実現すれば、尚美も治験の対象患者になるかもしれない。再生医療等製品の効果は未知数だが、今までの抗癌剤に比べて、治癒する確率も高いはずだ。栗木はそのことを、俺に提案しているのだと悟った。

「そんなことしないで、尚美を帝都大に転院させたほうが早くないか？」

「山本君さ、私を誰だと思ってるの？　そんなことはさ、とっくに南原教授に聞いたんだわ。で、転院は断られた。これ以上、帝都大も患者さんを抱える余裕がないそうよ」

　さすがは栗木。俺のような凡人が思いつくような発想は、あらかじめ想定し潰しているのだ。

「でも、俺はその治験の担当じゃないし、プロトコールもＩＢ（Investigational Brochure、製品概要）も読んだことがない」

　栗木はバッグからＣＡＲＴ００１の資料を取り出し、俺に渡した。

「プロトコールとＩＢはここにある。今から、山本君がこれを読む。そして、私が、山本君の質問に答える。いやぁ、嬉しいわ。山本君と朝までいられるかも」

俺はますます混乱した。ただでさえ気落ちしている時に、栗木からそんな冗談を言われても、まったく盛り上がることなどできない。

「いくらなんでも、数時間でマスターするのは無理でしょ。大体、南原教授が許可しないだろうし、手続き書類も間に合わないし」

栗木は勝ち誇ったような顔で答えた。

「南原教授は私が押さえた。それと書類関係は私がやる。今日ここで、私が山本君に教えて教育訓練記録を作り、神奈川県立総合病院で行うＣＡＲＴ００１の治験担当者として、山本君を登録する。何も心配しないで。社内手続きは私がやるから」

俺は、この一筋の希望の光に懸けてみようと思い、栗木の好意に甘えることにした。


結局、ＣＡＲＴ００１の治験の勉強は数時間では終わらず、朝までかかった。栗木は出社の準備をしながら、俺の投げかける質問に答えていた。

「おい、俺がいる前で下着になるなよ」

「だって仕方ないでしょ、ワンルームなんだから隠れる場所なんてないんだし。さては、欲情しちゃったかな？」

冗談にも程がある。

「欲情するわけないじゃんか。早く着替えろ」

その後も、栗木は俺の前で洗顔やメークをし、身支度を整えた。メークをする姿も、スッピンに近い顔立ちも、芸能人のように美しい。

ある程度支度を終えた栗木は、

「そこに、山本君の鞄置いてあるから持って行って。それと、室町先生への説明は、私もインターネット電話で参加するからセットしてね。難解な質問が来たら困るでしょ？多分山本君じゃ、答えられないから」

栗木は左目を軽く瞑り、舌を出しながら笑ってそう言った。

これが、栗木なりの優しさであることを、痛いほど俺は感じていた。

弱者

午後八時を過ぎた頃、神奈川県立総合病院のカンファレンスルームに室町先生率いる治験チームが集合した。治験は一人の医師だけでは到底できない。チームリーダーである治験責任医師の室町先生、そして分担医師が二人、看護師が三人、治験コーディネーターという治験のデータを管理したりスケジュールを調整したりするスタッフが一人、合計七人のチーム編成だ。俺は、自分のパソコンをプロジェクターに繋ぎ、栗木から預かったプレゼンテーション資料を開いた。その後、栗木とインターネット電話で交信を始めた。

「室町先生並びに治験にご協力いただける皆さま、お忙しいところ、また遅い時間にご参集いただきまして、誠にありがとうございます。これから、ＣＡＲＴ００１の治験の概要を説明させていただきます」

俺は、治験の目的、治験の方法、被検者の選択・除外基準、観察項目、評価指標、観

郵 便 は が き

料金受取人払郵便

新宿局承認

1409

差出有効期間
2021年6月
30日まで

（切手不要）

1 6 0-8 7 9 1

141

東京都新宿区新宿1－10－1

(株)文芸社

愛読者カード係 行

ふりがな お名前		明治 大正 昭和 平成 年生 歳
ふりがな ご住所	□□□-□□□□	性別 男・女
お電話 番 号	（書籍ご注文の際に必要です）	ご職業
E-mail		

ご購読雑誌（複数可）	ご購読新聞 新聞

最近読んでおもしろかった本や今後、とりあげてほしいテーマをお教えください。

ご自分の研究成果や経験、お考え等を出版してみたいというお気持ちはありますか。

ある　ない　内容・テーマ（　　　　　　　　　　）

現在完成した作品をお持ちですか。

ある　ない　ジャンル・原稿量（　　　　　　　　　　）

書　名				
お買上 書　店	都道 府県	市区 郡	書店名	書店
			ご購入日	年　　月　　日

本書をどこでお知りになりましたか?

1.書店店頭　2.知人にすすめられて　3.インターネット(サイト名　　　　　)

4.DMハガキ　5.広告、記事を見て(新聞、雑誌名　　　　　)

上の質問に関連して、ご購入の決め手となったのは?

1.タイトル　2.著者　3.内容　4.カバーデザイン　5.帯

その他ご自由にお書きください。

(　　　　　)

本書についてのご意見、ご感想をお聞かせください。

①内容について

②カバー、タイトル、帯について

弊社Webサイトからもご意見、ご感想をお寄せいただけます。

ご協力ありがとうございました。

※お寄せいただいたご意見、ご感想は新聞広告等で匿名にて使わせていただくことがあります。

※お客様の個人情報は、小社からの連絡のみに使用します。社外に提供することは一切ありません。

■書籍のご注文は、お近くの書店または、ブックサービス(0120-29-9625)、セブンネットショッピング(http://7net.omni7.jp/)にお申し込み下さい。

察期間等の説明を一通り終えた。一時間の説明に加え、質疑応答が三十分間も続いた。大体の質問に対して、インターネット電話から栗木が答えることとなった。

最後に室町先生から、感謝の言葉があった。

「山本さん、栗木さん、帝都大の南原教授を説得していただいたようで、本当にありがとうございます。カンファレンスの前に、南原教授より直々に電話を頂戴しました。このような、画期的な治療法を、当病院で研究できることを、本当に誇りに思います。ひとえに、お二人のお力とスタッフ及び患者さんの協力のおかげです」

室町先生は涙ぐんでいるのか、声がかすれていたが、すぐに真顔に戻って続けた。

「ここからが本題です。当病院で最初に登録される患者は山本さんの奥様、尚美さんです。年齢以外の選択・除外基準はすべてクリアしています。年齢の件も事前逸脱報告書を提出することによって回避できると思います。しかし、一つ問題があります」

昨夜から、栗木と俺で十分な議論を重ね、年齢以外の問題はないはずであった。

「問題とは何でしょうか？」

恐る恐る、俺は問いかけた。

「尚美さんは、社会的弱者に該当します」

栗木と十分議論したはずだが、それは科学的側面だけで、倫理面まで話が及ばなかったことに気付かされた。おそらく、栗木も同じ思いだろう。

確かに、尚美は社会的弱者に該当してしまう。過去に、製薬会社の社員がボランティアと称して、新薬の被験者にさせられていた時代があった。まさに自由意思による参加ではなく、会社の業務命令による参加だったのだ。このことが、のちに問題となり、治験への参加はボランティア精神に則り行われるべきで、企業の権力が及ぶ範囲の人達、つまり社員やその家族は「社会的弱者」という位置付けで、治験に参加することができないことになった。すなわち、ＣＡＲＴ００１の治験を依頼する企業の社員である俺の妻、尚美は、俺の会社の治験には参加できない。

俺が何も答えることができないでいると、インターネット電話から栗木がサポートに入った。

「室町先生のおっしゃる通りです。尚美さんは、社会的弱者です。先生のご質問に対する回答を、今は持ち合わせていません。数日、猶予をください。山本と検討させていただきます」

「他に何かありますか？」

室町先生がやや大きな声で問いかけた。

「ないようなので、これで終了します」

インターネット電話から栗木が言った。

「室町先生、本日はありがとうございました。後日、署名用のプロトコールを山本がお持ちしますので、二部署名をいただき、一部弊社に返却をお願いします」

室町先生は頷き、そして途方に暮れている俺の肩をポン、ポンと叩いてから部屋を出た。俺はしばらく動けなかった。折角見えている希望の光を、遠くから眺めるだけで、浴びることはできないのか。そこに答えがあるのに、絶対にたどり着けない虚しさだけが、俺を襲っていた。ずいぶん長い間、栗木が声をかけてくれていたようだが、俺の耳には届いていなかった。


家に帰る元気がなかった。だから缶コーヒーを片手に、何を考えるわけでもなく、病院内の休憩所に座っていた。消灯時間をとうに過ぎて薄暗い中、コツコツとヒールの音が聞こえてきた。看護師ではないようだ。看護師は、仕事中にヒールなど履かない。その音が間近まで迫り、音が消えたと思った瞬間、側頭部に軽い衝撃を受けた。

どうやら、平手打ちをされたようだ。ぼんやりと顔を上げると、そこに栗木がいた。

「山本君、いつまでそうやっているのよ。時間がないのよ。考えないと」

トーンを落としてはいたが、怒鳴り声で栗木はそう言った。すぐに立ち直れるわけはない。でも、栗木がここまで来てくれた。それに応えなければならないという思いで、なんとか我に返った。

病院で議論するわけにもいかないので、近所のファミレスに移動することにした。

店内に入ると四人掛けのソファ席で、栗木が隣に並んで座ってきてビックリした。尚美と来る時だって向かい合わせなのに。

お水とメニューを運んできた店員に、栗木はすかさず注文した。

「ドリンクバーを二つ」

店員は「かしこまりました」と言い、足早に去っていった。

栗木の表情から醸し出すピリピリした雰囲気に怯えたのだろうか。

「隣のほうが、話しやすいでしょ？　向かい合わせだと、書類とか逆さまになるから面倒じゃん。このほうが、効率がいい」

俺が感じていたことを察知したのか、栗木はそう言った。どんな時でも生産性を追求するところは栗木らしい。

「コーヒーでいい?」

栗木は俺の返答を待たずに、コーヒーを二つ持ってきた。

「さて、社会的弱者の件だよね。タクシーの中で考えたけど、結局、解決方法は二つしかないと思う。一つは、山本君が会社を辞めること。もう一つは、奥さんと離婚すること。どちらの選択も山本君にとっては厳しいんだよね」

俺もその二つの道しか思い浮かばなかった。

「でも山本君、もう答えが出てるんじゃない? 顔に書いてある。何年、一緒に仕事していると思ってるの?」

実際、栗木と仕事をしているのは三年くらいだろうか? それほど長い付き合いではないように感じるが、栗木の中では十分長いのかもしれない。

「ああ、決まってる。離婚の道以外にない」

無論、会社を辞める選択を最初に考えた。しかし、会社は即日で辞めることができない。少なくとも就業規則で規定されている「退職日より三十日以上前には退職届を提出する」必要がある。尚美に、治験開始までそれほどの長い時間、待たせるわけにはいかない。離婚届は役所が受理すれば即日で赤の他人となる。だが問題は、尚美への説明だ。治験参加を理由に離婚しようと切り出せば、尚美は治験を拒否するだろう。尚美を上手に説得する方策が、まったく思い浮かばなかった。

「山本君、つらいかもしれないけど、正直に奥さんに話そう。それが一番いいと思うよ。ね、そう思わない?」

確かに、嘘偽りで離婚するよりも、誠実に対応することが一番納得させられる方法かもしれない。

「山本君、分かっているとは思うけど、治験依頼者である以上、離婚後、治験終了まで奥さんや奥さんご家族とは会えないよ。原則、治験依頼者が患者さんと対面することはタブーだから」

栗木に言われなくても分かってはいたが、尚美が一番苦しい時に傍にいられないのはつらい。せめて、尚美を傍で支えてくれる人がいれば――。

ふと、浮かんだのは山下の顔だった。

「尚美と俺の友人に山下って奴がいる。気さくな性格で、彼なら尚美を支えてくれるかもしれない。でも、一つ厄介なことがある。山下は、大学時代から尚美のことがずっと好きだったんだ」

栗木は天井を見上げ、何かを考えているようだった。

「その、山下君に頼もうよ。もう、考えている時間ないよ」

思考が尽きたのか、栗木もあっさり俺の提案に乗っかった。昨夜から、不眠不休だった栗木は、静かに目を閉じて、俺のほうにもたれ掛かった。尚美に対する後ろめたさも少しあったが、ここまで親身に話を聞いてくれた栗木への感謝を込めて、俺はしばらくこうしていようと思った。


翌朝、栗木は俺の代わりに区役所へ行き、離婚届の用紙を取ってきてくれた。

俺は病院に行き、尚美にすべて話すことにした。

「尚美、聞こえる？」

尚美は力なさそうにうっすらと目を開け、軽く頷いた。

「尚美、よく聞いてくれ。白血病が再発して、化学療法を開始したけど、目立った効果が出ていないようなんだ。そこで、俺の会社の治験に入ってほしい。詳しくは、室町先生から説明があるけど、再生医療と言って、尚美の血液からT細胞という細胞を取り出し、遺伝子を組み替えて、もう一度体に戻す治療法なんだ。その、組み替えられたキメラT細胞は、癌細胞に対する攻撃力が増して、癌細胞を死滅させられるかもしれない。この治療法にかけてみないか？」

尚美は朦朧（もうろう）としながら、蚊の鳴くような声で答えた。

「うん、祐作がそう望むなら、試そうかな」

なんとも弱々しい尚美を見て、目頭が熱くなった。

「分かった。でも、一つ問題があるんだ。俺の会社の治験に、俺の家族は参加できないんだよ。だから、一旦、家族でなくなる必要がある」

尚美の目つきが少しきつくなった気がした。

「それは、祐作と離婚しなきゃいけないってこと？」

尚美の問いかけに、俺は声を発することができず、軽く頷いた。

「その治験は、絶対治るの？　治らなかったら、祐作とは他人のまま死んでいくの？」

だめだ、答えられない。やめよう。やっぱり、離婚なんてできない。

そう考えていると、隣から甲高い声が響いてきた。

「山本君の同僚の栗木と言います。山本君にはいつもお世話になっています。この治験に参加したからと言って、必ず治るという保証はありません。でも、既存の化学療法よりも遥かに治癒する確率が高いです。山本君も断腸の思いで離婚を決意したと思います。何もしないより、参加したほうが良いと思います。山本君や奥さんにとっては、本当につらい決断だとは思いますが、どうかお考えください」

そう言って病室を出ようと背を向けたものの、栗木は余計な一言を付け加えた。

「奥様はご存じかどうか分かりませんが、山本君も看病でかなり疲弊しています。山本君のことをお考えなら、少し、彼を休ませてあげてください」

見知らぬ人に、いきなりそんなことを言われて、尚美は戸惑っていた。薄く開いた瞼を、何度も開いては閉じ、栗木のことをずっと見ていた。

栗木は離婚届の用紙を俺に渡し、病室を後にした。

「祐作、あの人と付き合ってる？」

尚美がこんなに大事な時に、俺がそんなことをするはずがない。

「まさか、何言ってるの？」

俺は尚美を見つめた。栗木の行動があまりに唐突すぎて、尚美には理解できないのだろう。俺でさえ混乱してしまうことがあるのだから。

「祐作、治験参加するよ。あの人が言ってくれたことは正しい気がする」

俺は大事なことを尚美に言っていなかった。

「尚美、もう一つ、問題があるんだ。尚美が治験に参加して、治験が終わるまでの間、俺は尚美に会えなくなる。治験依頼者が患者さんと接することはできない決まりなんだ」

「それは、どのくらいの間、会えないの？」

「短くて、一年半くらいかな？」

尚美は目を伏せてこう答えた。

「何もしなければ数か月で会えなくなる。でも治験に参加すれば、一年半もの間、祐作を想うことができるのね」

その言葉を聞いて、本当に俺には勿体ない女性だと感じた。彼女に見合うほどの価値が、俺にはあるのか？

俺は、涙を堪え、離婚届に署名した。尚美もまた、思いつめたような顔をして、離婚届に署名した。その筆圧は弱く、今の尚美の容体を象徴しているようだった。

そして、尚美はか細く呟いた。

「祐作、治験中、会社の決まりで会いに来られないと言ってたけど、多分、会いに来ちゃうでしょ。でも、それは駄目だよ。決まりはちゃんと守ってね」

さっきの栗木の言葉が、相当に堪えたらしい。無意識のうちに俺を疲弊させていたということに、尚美は気付かされたのであろう。

「尚美、一旦、お別れだ。また、きっと尚美に会いに来るからな」

尚美の目から涙が零れた。緊急治療室では決して許されないが、看護師の目を盗んで、俺は尚美にキスをした。俺の涙も、尚美の頬を伝って、尚美の涙とともに枕に落ちた。

離婚届を握りしめ、涙を拭いながら、俺は病室を出た。

休憩室で待っているであろう栗木の元に向かう。

栗木に離婚届を渡し、その足で、室町先生へ治験開始のお願いに行った。

応援

離婚届を提出するに至った経緯を、俺は山下に電話で伝えた。そして、尚美の力になってくれるよう頼んだ。山下はいつもと違い、茶化すことなく俺の話を真剣に聞いていた。

それからの俺は、尚美に会えないつらさから逃がれるため、酒に溺れた。何度か栗木が家に来てくれたが、俺は誰とも会う気になれず、栗木を玄関先で追い返していた。

数日後、山下が訪ねてきた。

「おい、山本、開けろ！」

近所迷惑なほど大きな声で、山下が叫んでいた。流石に苦情が来るとまずいので、しぶしぶドアを開けた。すると山下が猛然と俺に迫り、俺の左頬を力いっぱい殴った。

「人の家に来るなり、上等な挨拶だな」

俺は立ち上がる気力もなく、倒れたまま山下を見上げていた。

「山本、お前以上に尚美は苦しんでるんだ。こんな時に、お前は何やってるんだ」

普段、おちゃらけているだけの山下が、真面目なセリフを言うなんて、可笑しくて笑えてきた。

「しかも、こんな綺麗な女性を玄関先に立たせっぱなしにして」

山下の背後から、栗木が顔を出した。

「やっと、ドアが開いたわ」

にこやかな表情で栗木がそう言った。

山下が来た日に、偶然にも栗木が来たとは考え難く、栗木は夜になると毎日、俺の家を訪れていたに違いない。そう考えたら、すべてに対して申し訳ない気持ちでいっぱいになった。横たわっている俺の顔を、しゃがみこんで見つめながら、栗木は呟いた。

「ああ、ひどくやられましたね。本当は私がグーで殴ろうかと思ってたところだったから、ちょうど良かった。で、どなた？　紹介してよ」

栗木と山下は初対面なのか。いろいろなことがありすぎて、そんなことにも気が付かなかった。

「今、野蛮な行動を取ったのが、俺の大学の友人で、山下大輝。そして、お前が美人と称していた彼女は、俺の同僚で栗木理恵」

栗木と山下は「どうも」と言いながら、お互いに挨拶した。

「山本君、朗報があるの。尚美さんの採血が終わり、明日、治験製剤が投与される。だから、山本君も頑張らなきゃだよ」

そうか、だから今日、山下が横浜に来たのか。

「山ピーも知ってたのか？」

「ああ、何日か前に尚美から電話もらって、明日、投与するからって言われた。でも、尚美からお前に連絡できないから、一応、俺に伝えたかったらしい」

そうか、いよいよ投与が始まるのか。少しだけ、心の中の曇りが晴れたような気がした。

「あのさ、山本と山下って、なんか紛らわしくない？　私も、山ピーって呼んでいい？」

物おじしないところは、栗木らしい。

「いいけど、美女の割に、少し図々しいんだな」

山下もいつものような、おちゃらけた雰囲気に戻った。

その夜は三人で、俺と山下、俺と栗木の馴れ初めを、面白おかしく話し込んだ。そんな時でも尚美と会えないつらさを消し去ることはできなかったが、こうやって気を紛らわしてくれる友人がいてくれて本当に良かったと感じ、感謝した。

気を取り直し、翌週から出社した俺は、暇があれば神奈川県立総合病院を訪問し、カルテを閲覧した。それは純粋なモニタリング行為であり、個人的な感情は捨てなければならないが、やはり尚美の経過は気になった。

治験製剤投与初日、山下は尚美のベッド脇にいた。化学療法や放射線療法の影響で、大学時代とは容貌が変わってしまった尚美だったが、山下は大学時代の恋心を忘れられずにいた。

「山ピー、わざわざ大阪から来てくれたの？　ありがとう。祐作は元気にしてる？」

山下は祐作の近況など告げようともせず、一言、尚美を励ました。

「尚美、大丈夫。これから薬を注射するみたいだけど、それできっと治るよ。俺も、時間がある限り、尚美の傍にいるから、何かあったら言ってくれ」

尚美は静かに頷き、目を閉じた。直前に投与した鎮静剤のせいだろうか、尚美はすでに夢の中だった。

山下は看護師に退室を命じられ、ホテルに戻った。

室町先生が、やせ細った尚美の左腕に針を刺した。外れないように留置針をテープで固定し、カニューレの先端を治験製剤のバッグと連結させせた。

いよいよ、再生医療等製品の投与が開始された。

室町先生は看護師とともに三十分くらい様子を見ていたが、

「あとは、お願いします。何かあったら、すぐに連絡してください。特に、患者さんの意識が戻った時、偽インフルエンザ症状を呈していないか、確認してください」

と看護師に告げて病室を出て行った。

数時間後、尚美の意識が戻った。すでに治験製剤の点滴は終了していた。

近くにいた看護師に向かって尚美が軽く手を挙げると、看護師が近づいてきた。

「あの、もう治療は終わったのでしょうか？」

看護師は嬉しそうな顔をして告げた。

「はい、もう終わりましたよ。後は、尚美さんの回復を待つだけですよ」

それから毎日、山下は病室を訪れた。

「尚美、元気にしてたか？　なんて病院だからそんな気力もないか」

と、自問自答するかのように、独り言を言った。尚美は少し楽になってきたのか、

「山ピーらしいね」

と、微笑んだ。

尚美と山下は大学時代の思い出を、何時間も語り合っていた。

山下はずっと、有給休暇を取得して、尚美の傍にいた。山下の見た感じでは、尚美になんの変化もなかった。山下は親族でもないため、尚美の容体を聞きたくても先生は教えてくれない。

治験薬が投与されてから、ちょうど一週間目の夕方、尚美の体に変化が現れた。

「今日は、少し熱が高いような気がするのよ。発疹も出てきて、私の体じゃないような感覚がするの」

尚美がそう言った瞬間、過呼吸が起こった。体全体が痙攣（けいれん）していて、呼吸をしようとしているが上手く空気を吸い込むことができないようだ。

目の前であがき苦しむ尚美の様子を見ていた山下は、尚美がこのまま死ぬのではないかと怖くなった。今までに体験したことのない、恐怖だった。硬直して体が動かず何をしてよいか分からない。山下は、とっさにナースコールを押した。

「はい、渡邊さん、どうしました？」

冷静な看護師の声とは裏腹に、山下が答えた。

「す、すぐに来てください！　尚美が苦しそうなんです！」
こんな状況の中で、山下は冷静な回答などできるわけもなく、ただただ子供のように
その場の状況を告げるのが精一杯だった。そして、尚美の手を強く握りながら、今まで
信じたこともない神様に、祈っていた。
慌てて駆けつけた数人の看護師が乱暴に山下に告げた。
「そこをどいてください」
山下は朦朧としながら尚美の手を放し、看護師達によって処置される様子を遠目から
見守っていた。
看護師達は尚美のベッドの頭を下げ、尚美の体を冷やした。そして手際良く酸素吸入
をして脈を計り始めた。
遅れて室町先生も現れ、触診や採血をした。
「血液検査を優先で出してください。急いで！」
室町先生は、この事態を予期していたようだ。
尚美の症状は、サイトカイン放出症候群と言って、キメラT細胞が癌細胞を異常に攻
撃した結果、サイトカインという体内のタンパク質が大量に放出されたことによる、い

わゆるショック状態である。発熱、倦怠感、吐き気、眩暈など、インフルエンザに似た症状が出るため、偽インフルエンザ症状とも言われている。海外の治験結果でも、約八割の患者さんで同様のサイトカイン放出症候群が観察されている。

検査結果が数分で届いた。室町先生はそれを見て、

「抗ＩＬ－６抗体８㎎／㎏と、ステロイドを静注してください」

と、看護師に告げた。

しばらくして、尚美の呼吸や脈拍が落ち着いてきた。山下は自分のことのように「助かった」と感じていた。そして、尚美の意識が戻るまで、再び尚美の手を握り、ひたすら回復を願った。もう、祐作に対する贖罪(しょくざい)の意識などなかった。

一か月後、尚美の両親が来院し、室町先生に呼ばれて、カンファレンスルームに消えていった。

「パパとママ、何話してるのかな？　この前は、急に発作が起こって死ぬのかなって感じたけど、今は意外と元気なんだけどな」

両親が病室に戻り、母親が話しかけた。

「尚美、明日から自宅療養できるらしいの。だから、明日までに、病院にあるものの整理しておいてね」

そう告げた母親だったが、表情が冴えない。そんなことは、鈍い山下でも感じていた。多分、尚美も感じていたに違いない。

両親が帰る時、エレベーターホールまで山下が見送った。

「山下さん、本当に尚美の傍にいてくれて、ありがとう。さっき、室町先生から言われたの。この治験が最後の砦だったけど、検査値が回復してきてないみたいなの。それで、病院にいるより自宅にいたほうがいいだろうって……」

目に涙をいっぱいに浮かべた母親は、そう言って足早にエレベータに乗り込んだ。

山下はいてもたってもいられずに、病室に駆け戻った。尚美はいつもと変わらない様子ではあったが、山下が走って帰ってきたことに違和感を覚えていた。

「山ピー、何かあった？」

山下はもう感情を押し殺すのはやめようと思い、こう言った。

「尚美、大学時代から、ずっと好きだった。俺と付き合ってくれないか？」

それは唐突すぎた。しかし山下の中では、もう告白する機会は二度と訪れないのではないかという不安があったのだ。

少し間を開けて尚美は返した。

「え？　付き合うって、本当に付き合うってこと？」

山下は「うん」と頷いた。そして、祐作に悪いとは思いながらも、尚美を抱きしめた。

「山ピー。もしかしたら、私、良くないの？　だから退院するの？」

その言葉に答えられるほど、山下は強くなかった。

「そっか、そうなんだ。私、あとどれくらい？」

山下は、その質問の答えを持っていなかった。頼むから、もう聞かないでくれと、願うばかりだった。

「山ピー、私のこと好きだったんだね。気付いてなかったよ。ごめんね。私、自分のことで精一杯だよ。だから、すぐには答えられない。覚悟はしていたけど、やっぱり怖いよ」

尚美はそう言いながら、抱きしめられていた山下の腕を振りほどいた。

退院後、尚美は月に一度の通院を命じられたが、その頃、室町先生が他病院に異動することになった。しばらくの間、新しい治験分担医師の先生に診てもらっていたが、「長い間経過を観察してくださった室町先生に最後まで診ていただきたい」という両親の強い意向で、尚美は室町先生のいる神奈川県赤十字病院に通院することになった。

消灯

ＣＡＲＴ００１治験、つまり尚美の治験が始まって最初のモニタリングのため、俺はその日、神奈川県立総合病院を訪れていた。病院に来るたび、尚美と過ごした甘くつらい時間を思い出す。どちらかと言うと、つらい時間のほうが多かったようにも感じられ、前向きな気持ちになれないのは確かだ。会えない尚美の治療経過が気になり、モニタリングと言ってはこの病院を訪れてしまう。医局の陰から尚美の後ろ姿を眺めては、何度も声をかけようとした。

しかし、二人で考え決めた約束を破ってしまっては、尚美も納得しないだろうし、会社にも迷惑がかかる。コンプライアンス違反が世間に知れたら、製薬会社としての信用が揺らぎイメージダウンは避けられない。それに高額な給料を支払う会社に迷惑をかけ、会社を辞めることになってはまずいと、保守的な考え方をしたこともあるが、自分にできるのは、尚美の回復を心から願うだけだと悟った。

Ｋ－００１。これが尚美の識別番号だ。治験依頼者が入手するデータには、決して患者さんの実名やカルテ番号などは記載されない。すべてが、この識別番号だけで管理されるのだ。識別番号から患者さんを特定できるのは、治験に参加している医師と一部の治験コーディネーター、そして直接カルテを閲覧できる臨床モニターのみである。Ｋ－００１の文字を見るたびに、ものすごく味気ない感じがする。これまではモニタリングで患者さんの識別番号を見ても何も感じなかった。でも、尚美が被験者になってからは違う。Ｋ－００１を見ると、無機質な物のように感じられて仕方がない。どの患者さんにも、語り尽くせない人生があり、そして現在があるはずだ。それが、単なる番号だけで管理されるのは、いたたまれない気分になる。

Ｋ－００１の調査票の内容とカルテ内容が一致しているか、確認していた。性別、生年月日、身長、体重。ここまで閲覧しただけで、俺は目頭が熱くなった。生年月日を見ては、毎年祝った誕生日の光景が、体重を見ては、化学療法で日に日にやせていく尚美のつらい闘病を思い出した。まだ、すべての検査結果が記載されているわけではないが、一か月後、二か月後には、それらのデータが入力されているはずであり、それらを見るのが、すでに怖かった。再生医療の効果に、藁をもつかむ気分だ。尚美の他に二人、神奈川県立総合病院でこの治験に参加している患者さんがいるようだ。提出された調査票を閲覧していたら、Ｋ－００３まで確認することができた。患者さんとご家族達の苦しみと期待が、痛いほど分かる。これも自分の成長なのかと思うとともに、こんな成長などしたくなかったと思う自分もいた。

ＣＡＲＴ００１治験が始まって一か月、ようやく尚美のいない生活にも慣れてきた。そんなものに慣れたくはなかったが、現実とは酷なものである。たまに栗木から飲みの誘いを受けたが、それも断って、独りで映画を観に行ったり、喫茶店でコーヒーを飲みながら時間を潰した。仕事以外の時間は、これまで尚美と一緒にやってこなかったことに費やしていた。例えば、朝から晩まで勝てないパチンコをしたり、マンガ喫茶で読みたくもないマンガを制覇したり、とにかく尚美を思い出す場所や雰囲気から逃げようとしていた。

しかし、神奈川県立総合病院に来ると、思い出さざるを得ない状況になる。一度思い出すと、尚美の存在を確認したい衝動にかられたが、一目でも尚美の姿を見たら衝動を抑えられなくなると思い、精一杯の自制心を奮い立たせていた。

この日も調査票の内容とカルテの内容を確認しに来ていた。Ｋ－００１の検査情報が記載されていた。検査値の数値は、思うように回復していないと言わんばかりだった。併用薬に抗ＩＬ－６抗体の投与歴も記載されていた。おそらくサイトカイン放出症候群に対して使用されたものであろう。サイトカイン放出症候群が発現しているということは、裏を返せばキメラＴ細胞が癌細胞を攻撃しているという証明でもある。それにしても、何故、検査値が回復してこないのだろう。年齢の壁なのだろうか。Ｋ－００２とＫ－００３は、投与後、二週間程度で検査値が回復している。いずれも十六歳未満の患者さんで、体力も十分あるからだろうか。この患者さんのデータが尚美のデータなのではないかと、何度も識別番号を見返した。

モニタリングの帰りに、室町先生と話をした。

「室町先生、お久しぶりです。今日もＳＤＶに来ましたが、尚美の検査値が回復していないように感じます」

室町先生は、少し答えるのを躊躇するようにして言った。

「山本さん、心無いことを言うようですが、すでに山本さんの奥様ではないので、病状に関することはお話しできません」

「そ、そうですよね。すみませんでした」

視線を落とし、室町先生に軽く会釈をして帰ろうとすると、背中越しに声をかけられた。

「尚美さん、頑張っています。まだ、結果が出ていません。でも、生き続ければ、いつかまたあなたと会えると信じ、頑張っています。だから、山本さんも希望を捨てないでください」

室町先生のほうを振り返ることはできなかった。悔し涙なのか、それとも嬉し涙なのか、自分でも分からない涙がこみ上げていた。

二か月後、ＳＤＶのために神奈川県立総合病院を訪問し、Ｋ－００１の調査票とカルテを閲覧した。するとそこには、Ｋ－００１が転院し〝治験中止〟と記載されていた。転院先の記載はなかった。予後不良のため、ターミナルケアを専門とする病院に移されたのではないかという思いが過った。慌てて室町先生を探した。しかしすでに室町先生も異動しており、尚美の情報を得ることができなかった。

心の中にぴんと張っていた糸が切れたような気がした。

尚美の所在を確認する方法は、いくつもあった。例えば、実家に問い合わせる、室町先生の異動先を聞き出し容体を聞く、山下に聞く。他の方法もあったに違いない。

でも、尚美が万が一でもこの世にいなかったらという恐怖で、確認しようと思えなかった。

この時を境に、俺は尚美との思い出を心に仕舞い、生きようと決意した。

未来

俺は、尚美への思いを断ち切るために、担当病院の配置換えを希望した。その希望はあっさりと通り、神奈川県立総合病院の担当から外れた。

栗木は相変わらずバリバリと仕事をしているようだった。

この日は部全体の会議があるので、朝から会議資料の最終調整に追われているようだった。

「栗木、おはよう。何か手伝うことある？」

親切心で俺は聞いた。栗木は、パソコンから一瞬も目を離さず、こう答えた。

「うん、それじゃ、やってほしいことをチャットするわ」

至って真面目な顔で答えた。すぐにチャットが来た。そこには、「CART001治験で忙しかったけど、今日で片が付く。十八時に駅前のカフェ」と書いてあった。それを見て、しかめっ面で栗木を睨んだら、栗木も一瞬顔を上げ、こちらにウインクを送って応えた。他の誰にも見せない、栗木の茶目っ気ある部分だ。

全体会議が始まった。最初の議題はＣＡＲＴ００１の治験結果についてだ。プレゼンターは、もちろん栗木だった。少し高いヒールを履き、やや短めのスカートを身に着けた栗木が、プレゼンテーションを始めた。

「おはようございます。栗木です。今日はＣＡＲＴ００１の治験成績について発表します」

スクリーンの前に立った栗木は勇ましく、そして少し格好良く見えた。先輩達も食い入るようにしてプレゼンテーションを聴いているが、半分は栗木のこと見たさなのだろう。

「合計で、二十八人の患者さんに参加していただきました。このうち、寛解例が二十三人で、寛解割合は八〇パーセントを上回りました。残念ながら、三人の患者さんは観察期間内に原疾患の悪化で死亡、残りの二例は転帰不明でした。この成績は、再発の急性白血病に対する既存治療を遥かに上回る数値で、プロジェクトチームとしてもこの成績をもって承認申請を行いたいと思います」

会場からは、どよめきにも似た歓声が飛び交い、中曾根部長もすごく満足気な顔をしていた。俺は、死亡症例三例のうちの一人が尚美でないことを願わずにはいられず、この素晴らしい治療成績を素直に喜ぶことはできなかった。

午後六時、俺は駅前のカフェで栗木が来るのを待っていた。窓際のカウンター席に座り、コーヒーを啜っていると、外から栗木が、「こっち、こっち」と手招きをしていた。買ったばかりのコーヒーを慌てて半分くらい飲み、外に出た。

「なんだよ。慌てて飲んだから、火傷したじゃんか。栗木はコーヒー飲まないのかよ。なら、ここで待ち合わせしなくても良かったじゃんか」

残る半分のコーヒーを捨てることになったので、少し文句を言いたかった。こんなことになるなら、テイクアウト用のカップにするんだった。

「ごめん、ごめん。そう怒らないでよ。遅れたら嫌だなと思ったから、カフェで待っていてもらったんだよ。さ、行こう」

「行こうって、どこへ？」

「家だよ」

そんな約束もしていないし、栗木の家に行く理由もない。

「なんで、栗木の家に行くのよ？」

「いいから。早くしないと、人に見られるよ」

押し込まれるようにしてタクシーに乗った。確かに、会社の近くで、栗木と一緒にいるところを見られたら、先輩達に何を言われるか分からない。お互いに独身なので、疾しいことはなかったけど、後々、面倒くさいことになるのだけは避けたかった。

栗木はタクシーの運転手に行き先を告げた。

「山本君、聞きたいことがあるんじゃないの？　死亡症例について」

流石は栗木だ。いつも、見透かされている。

「もしかして、あの中の一人は尚美なの？」

「違う。奥さんは転帰不明のままよ。その後、異動した室町先生に会いに行ったの。そうしたら、容体が良くならないまま、通院しなくなったみたいよ。自宅に電話しても通じなくて、どうやらご家族とも引っ越したんじゃないかって、先生が言ってた」

聞きたかったような、聞きたくなかったような情報であり、すごく気にはなったが、尚美を断ち切るために心に蓋をした。

「山本君のことだから、尚美さんの消息を追いかけてないでしょ。多分、そうだろうなと思って、伝えてあげた」

いたずらっぽい表情で栗木がそう言った。親切心だとは思うが、俺としては余計なお節介のようにも感じられた。

「今は、だいぶ思いを断ち切れるようになった。そのせいか、尚美との思い出の場所にも足を運べるようになったし、いい思い出として蘇ってくるようになった」

栗木とは対照的に、俺は真面目な顔をして言った。

コンビニで簡単なつまみとビールを買ってから、栗木のマンションに行った。相変わらず栗木は俺の存在を気にしていないのか、俺がいるにもかかわらず、平気で部屋着に着替えた。しばらくは、仕事のことや下らない話をしているうちに、栗木が酔ってきたのか、俺の腕にしがみ付き、呟いた。

「知っていると思うけど、私、山本君が好きだったんだ」

過去形で良かった。栗木の行動を見ていたら薄々は気付いていたが、理性があったので、気が付かないふりをしていた。そう考えていたら、いきなり栗木がキスをしてきた。昔の俺なら、すぐに振り払っていただろう。でも、もう縛られるものがなくなった。栗木には大きな借りもある。俺は、成すがままに任せた。

しかし、思ってもみなかった栗木との関係に、心の奥底で、何か分からない居心地の悪さを感じていた。栗木も同じような感覚なのか、お互いに「付き合おう」とは言い出さなかった。

そんなはっきりしない関係が数か月続いていた。お互いに干渉もしなかった。栗木の性格からすると、曖昧さを最も否定しそうなのに、現状を維持するのが精一杯だったのだろう。この関係以上は望めないことが分かっているから、「付き合おう」と言い出して、この曖昧な関係すら崩れてしまうのが怖かったのかもしれない。

終焉

栗木とのなんとも言えない距離間の関係が続いている間、会社の人にはバレないように行動した。昔から、社内で栗木と会話することは少なかったから、あまり話さないようにするのは好都合だった。俺は月曜日から木曜日までを自分のマンションで過ごし、週末だけ栗木のマンションに居候する生活を続けていた。尚美の件で俺を心配して訪れて以来、栗木は俺のマンションに来ようとはしなかった。尚美に対する贖罪の意識なのだろうと、俺は思っていた。実際、俺のマンションには、尚美の私物がいくつか残っている。離婚の際に大事な物は実家に送ったものの、一緒に生活した約二年の月日は、やはり長い。送り返せなかった物は数多くある。尚美を断ち切るために、すべて捨てようとも考えたが、いつの間にか気にならなくなり、また捨てる理由が見つからないので、そのままにしておいた。それらも、栗木が家に来たがらない理由なのだろう。

金曜日の夜は、大体俺がコンビニでビールを買って、栗木が早く帰ってきて手料理を作るという、暗黙のルールが出来上がっていた。

ある金曜日、二人で夕食を食べていると栗木が語った。

「例の再生医療等製品、リュークって商品名になったらしいよ。承認申請してから、わずか四か月で承認だって。すごいね」

通常の医薬品は申請してから承認が下りるまでに、一年半もの時間がかかる。最近では、この標準的な審査期間を短縮し、いち早く患者さんに届けようという試みから、およそ一年程度で承認されることが多い。その医薬品の特性によって、緊急性が高いと判断された場合は、さらに短い半年で承認されることもある。そう考えると、四か月で承認されたというのは、行政が大変な努力をしたということなのだろう。それだけ、世間でも注目される医薬品なのだ。

「それでさ、驚くのが、薬価。一回投与で、なんと四千五百万円。保険が利くとしても、一般家庭には高すぎるよね」

薬価、つまり医薬品の値段は、企業が勝手に決めることができない。皆保険制度という社会保障費からお金が一部支払われるため、行政と企業が十分に話し合い、その年に計上された社会保障費を考慮して、厚生労働大臣が決めた値段が薬価になる。通常、処方箋が必要な薬には、すべてこの薬価という決まった値段が存在する。対照的に、処方箋なしに薬局やドラッグストアで購入できる一般薬は、企業が独自に価格設定することができる。リュークに付いた四千五百万円という価値が、安いか高いかは、見方により大きく変わる。単に四千五百万円と聞くと、誰もが当然、高すぎると言う。しかし、一回投与しただけで患者さんが寛解するので、これまでのように化学療法と放射線を繰り返すこともなく、かつ長期の入院にかかる費用を抑えることができる。患者さんだけではない。そのご家族のお見舞いの費用や時間、医師や看護師がその患者さんの看護に要する人件費、患者さんの入院中に生じる光熱費等を合算すると、費用対効果が大きいことは分かる。そして一番重要なのが、患者さんが完全に社会復帰できることだ。その生涯の経済効果を考慮したら、果たしてこの四千五百万円は安いのか、高いのか？　その答えは、俺には分からない。尚美は治験という枠組みの中で、企業がすべての治療費を負担してくれたから、薬価のことなど考えもしなかったが、実際、リュークが市販された後の治療だったら、費用面で治療を断念していたかもしれない。やはり、一介のサラリーマンにとって、簡単に支払える額でないことは確かだ。

そんな話をしながら、栗木は俺と一緒にいる時間を楽しみ、俺は栗木と一緒にいることによって、心にぽっかり空いた穴を埋めようとしていた。

そうして時が流れ、また五月一日がやってきた。連休狭間の平日だったので、俺は休暇を取った。尚美を忘れられないわけではないが、俺の中で何故かこの日を特別なものと感じていて、ウィリアム城を眺めるために広場に行ってみたくなった。誰にでも経験があるだろう。一度、思いを断ち切り心の整理ができた後で、懐かしい場所で思い出に浸りたくなったのだ。

ジャパンワンダーランドには家族連れや学生達、恋人同士で溢れ、異常なほどの熱気だった。周囲を見渡した。いい大人が、しかも男性が一人で来ているのは、おそらく俺くらいであろう。俺も、尚美との思い出がなかったら、独りでここには来ない。

一年ぶりの景色だが、周囲は何も変化がなく、一年前の記憶が鮮明に蘇った。そう、尚美が倒れた日のことだ。つらく嫌な出来事ではあったが、記憶から決して消してはいけない大切な思い出の一つ。

尚美の安否が分からなくなってから四か月、治験の経過が順調でなかった分、否が応でも悪いほうへと思考が展開する。疾病の知識を無駄に持っているからこそ、再発難治性の急性白血病の予後の予想がついてしまう。

何をするでもなく、入場門から続くショッピングモールを抜けた先のセンター広場で一時間くらい、そんな考えを巡らせながら、雄大にそびえ立つウィリアム城を眺めていた。時折、写真を撮ってほしいというカップルが来て、声をかけられた。携帯電話のカメラ越しのカップル達が妙に羨ましく見えた。みんな、いい顔をしている。やはりここは、夢の国なのだ。

俺は、アトラクションに乗ることもなく、ハンバーガーとコーラを買って昼食にして、昼過ぎに夢の国を後にした。

帰り道で、何故か人恋しくなり、俺はそのまま車で栗木のマンションに向かった。栗木はこの日も出社しているので、おそらく帰宅は夜遅くなるだろう。そう思って、駅近くのパーキングに車を止め、パチンコをして時間を潰した。

午後九時過ぎ、いつものようにビールを買い、栗木の部屋に向かった。

栗木はすでに帰宅していたが、何故か機嫌が悪そうな雰囲気が漂っている。

「山本君、今日、休み取ったんだ。聞いてないな」

「ああ、有給が残ってるから、連休の狭間だし休んだ」

栗木がやや怒ったように、迫ってきた。

「それだけ？　どこに行ってたの？」

とっさに本当のことを言えず、ごまかそうとして嘘をついた。

「一日中、家にいたよ。のんびりとね」

笑顔で取り繕ってみせたが、ぎこちなさは自分でも感じていた。

「嘘、絶対に嘘。今日は、帰って」

栗木はそう言って、俺の背中を押し、玄関から外へ追いやった。栗木にはごまかしきれない。内心、分かってはいたものの、とっさに嘘をつくしかなかったのだ。

連休中、栗木からは一切連絡がなかった。普段だったら真夜中でも気にせずに電話をしてくるのだが、完全に機嫌を損ねてしまったらしい。栗木からの電話は、普段、うざいとすら感じていたが、こうも連絡がないと寂しいものである。こちらから連絡したほうが良いのだろうか？　それとも、面子を保つためにしないほうが良いのだろうか？　こういう時、男は面子を優先してしまいがちだ。もれなく俺も、その一人。結局、俺からも栗木に連絡をせず、連休が明けた。

五月中旬、栗木からメールが届いた。「来月末で退職する」という内容だった。そこには、退職の理由も今後のことも書かれていなかった。もしかしたら、連休中の俺の行動が引き金になっているのではないかと感じ、すぐに返信した。

しかし、栗木の反応はなかった。会社で話をしたかったのだが、出張や休暇で彼女に会うことは叶わなかった。だんだんと俺の責任なのではないのだろうかという罪悪感が湧いてきて、どうしても栗木の真意を確かめたい衝動に駆られた。彼女は俺のスケジュールを確認し、わざと顔を合わせないように、自分の予定を調整していた。結局、最終出社日まで、栗木とまともに話す時間はなかった。


六月下旬、栗木の最終出社日に送別会が催された。人気者だけあって、総勢六十人くらいの人が参加した。流石に、この時ばかりは栗木も逃げることができなかった。

「栗木、長い間、お疲れ様。なんで、退職するんだよ。理由、聞いてないよ」

「山本君に話す義務はないかと思うんだけど」

さげすんだ目で俺を見て、栗木はそう言った。その言葉を聞いて、俺もそれ以上追及するのはやめた。火に油を注ぎそうな予感がしたからだ。

会が終盤に近付き、栗木のスピーチも済み、お開きになった。余韻を楽しんでいるのか、皆なかなか帰ろうとしない。そんな中、大きな花束を抱えながら、栗木が俺の手を引き、なるべく目立たないようにその場から連れ出した。

足早にタクシーに乗り込み、お台場に向かった。何故、お台場なのか分からなかったが、会社からも近いし、二人で話すには好都合の場所だと考えたのかもしれない。タクシーの中では、お互いに無言だった。

お台場に着くと少し歩き、海の見えるデッキに上がった。そこで、小さな自由の女神を見つめながら、栗木は話し始めた。

「山本君さ、CART001の治験でプロトコールの逸脱宣言をしたの、覚えてる？それから、帝都大学の南原教授に直談判したことも。やっぱり、若干問題になってさ、監査部からも指摘されたのよ。処分はなかったんだけど、何故かそれがバカバカしくなってね。だって、私達がやることは、一人でも多くの患者さんを救うことじゃない？それなのに、社内手順を厳格に守ることが優先されるなんて、納得がいかないよ」

栗木の気持ちは痛いほど分かる。しかし、行政や会社は手順通りに実施して得られたデータしか、信頼に値すると見なさない。そのために、治療を患者さんに待ってもらうことも、日常茶飯事だ。

「え？　それが退職の理由なの？」

俺は、少しだけ心が軽くなった気がした。しかし、それは理由の半分であり、あとの半分は違うのだろう。鈍感な俺でも、そのくらいは察しが付く。

「山本君とは最近、疎遠になっちゃったね。私が悪いんだけどね。最初は、山本君のことが好きでいられればいいと思ってた。でも、一緒にいる時間が長くなって、山本君にとっての一番になりたいと、いつしか思うようになってた。でも、やっぱり、尚美さんの影が、山本君から消えなかったんだよ。連休中、思い出の場所を散策していたのも、気が付いてた。何度も、許そうと思った。考えないようにしようと思った。でも、できなかった」

珍しく、いや、初めてかもしれない。涙を流しながら話している栗木を見るのは。俺のために、多くの犠牲を払ってくれた栗木が苦しんで、そして泣いている姿を見て、栗木のことが愛おしく思えた。そうだ、尚美とはもう二度と会えないかもしれない。なのに、本当の意味で気持ちを切り替えられていなかった俺が、真剣な栗木を傷つけてしまったのだ。申し訳ない気持ちで一杯になった。

「山本君、夢を見させてくれて、楽しい時間を一緒に過ごしてくれて、本当にありがとう。これで、バイバイするね」

俺は彼女を止めることができなかった。今、俺が引き留めてしまったら、この先何度も栗木が傷ついてしまうような、そんな予感がしたからだ。

数日後、栗木はマンションを引き払い、俺の前から姿を消した。

尚美がいなくなり、栗木がいなくなり、次々と大事なものを失った俺は、本当に抜け殻のようだった。何をしても楽しさを感じず、何を食べてもどこか味気なく、睡眠不足が続いても寝つきが悪く、軽度の躁鬱状態が続いた。良くないことが続くと、このどん底から這い上がることができないのではないかと感じてしまう。何か立ち直る切っ掛けが欲しかった。

だから、五月一日に、またウィリアム城を独りで見に行くことにした。もしかしたら、あそこに行けば、何か変わるかもしれないという淡い希望を胸に。


今年も、たくさんの来園客で賑わっていた。ウィリアム城は、雲一つないライトブルーの空をバックに、優雅にそびえ立っていた。もちろん今日も俺はアトラクションには乗らず、軽く昼食を取って帰宅するつもりだ。お昼のパレードを少しでも良い場所で子供に見せてあげようと、数人のお父さんらしき人達が、徐々に場所取りを始めた。尚美と俺の間に子供がいたら、俺もおそらく同じような行動をしていたのだろうと、彼らを微笑ましく見ていた。

パレードが始まると、多くの家族連れやカップルが満面の笑みで手を振りながら、はしゃいでいる。病院で仕事をしている俺の日常世界とは、真逆の世界のようだった。

パレードが終わり、広場から人々が徐々に散っていき、人がまばらになった時、俺の足元に何かが転がってきた。ふと見ると、ウィリアム城をモチーフにした指輪だった。

――そう、確かこの場所で、尚美にこれと同じ指輪を渡しプロポーズしたんだ。

今日と同じように晴れ渡った空に向かい、「神様、ありがとう」と心の中で叫んでいた自分を思い出していた。

ゆっくりと腰を屈めて指輪を拾った。小さな女の子が俺のほうに向かって走ってきた。「はい」と、指輪を渡そうとしたが、女の子は俺の横をすり抜けて走り去ってしまった。その後ろ姿を目で追うようにして振り返った時、目の前に女性が立っていた。

俺は、目を疑った。死んでしまったと思っていたのに、まさに健康そのもので、はち切れんばかりの笑顔で俺を見つめている女性が、そこにいた。

「祐作、ただいま」

「尚美？　尚美だよな？」

分かってはいたが、俺は二度名前を呼んで確かめずにはいられなかった。尚美は笑顔のまま大きく頷いた。喜びと驚きの入り交じった、何とも表現しがたい気持ちで一杯だった。思わず俺は声に出してしまった。

「尚美、生きてたのか？」

「うん、死んでない」

尚美らしい回答だ。それを聞いて、俺は今、本当の夢の国にいるのではないかと感じた。

「治験に参加した後、検査値が回復しなかったから、両親が予後を自宅で迎えるって決めたの。でも、もっと環境の良いところに移ってみようってことになってね、すぐに山梨県のターミナルケアの病院に入ったの。両親は私のために横浜の家も売り、山梨県民になっちゃたわけ。山梨に転院した途端にね、何故か容体が良くなってきて、結局、癌細胞が死滅するまでに回復したのよ」

治療効果の発現時期は患者さんそれぞれだが、尚美の場合は効果が出るまでに時間を要しただけだったのだ。

リュークは、やはり素晴らしい薬だ。少ない患者さんのデータしかなかったため、どの程度で効果が出始めるか分からず、室町先生も半ば諦めていたのかもしれない。多くの患者さんを救うためには、もっと長期的で多くのデータが必要なのだ。


「尚美、お帰り」

そう言いながら、俺は涙が溢れて止まらない。

「祐作の携帯番号は消してなかったから、常に連絡できる状態だったのよ。でも祐作も私の番号知ってるはずじゃない？　それでもまったく連絡ないから、違う人生歩いてるのかなって思って、やっぱり怖くて、私から連絡できなかった。山ピーは祐作に連絡しろって背中を押し続けてくれていたんだけど、やっぱりさ、それは怖いよ」

尚美の安否が分からなくなってから山下からの連絡も一切なかった。でも山下は、約束通り尚美を支え続けてくれていたんだ。俺は、山下にも感謝した。

ウィリアム城のほうを向き、さらに尚美は続けた。

「でも、もしかしたら、今日ここで、祐作に会えるかもしれない。今日が最後のチャンス。今日、祐作に会えなかったら、私も諦めよう。でも、もう一度会えたら、あの日、ここで交わした私との約束を思い出してくれるかもしれない。そう思って来ちゃった」

俺は、笑顔の尚美を抱きしめた。そして、デジャブのように、こう言った。

「結婚しよう」

尚美は微笑みながら、一筋の涙を流し、空高くそびえるウィリアム城を見ながら小さく答えた。

「うん」

完

あとがき

この物語を書く切っ掛けは、競泳の池江璃花子選手が白血病を患い、その病気と真摯に対峙するというニュースでした。時を同じくして、製薬業界では再生医療やｉＰＳ細胞のような、細胞を用いた治療研究が進み、今までの治療を遥かに上回る効果が期待できるようになりました。「癌」と聞くと不治の病のように感じがちですが、今は、治療が期待できる領域なのだと多くの一般の人に知っていただき、また、希望を捨てないでいただきたいと思ったのです。

本作は、一般の人にはあまり馴染みのない製薬会社の活動を中心に描いた物語にしました。医師や看護師が主人公の作品は多くあると思います。それは、実際の患者さんと直接触れ合う機会が多いので、分かりやすいからだと思います。

しかし、製薬会社の人は、患者さんと直接接することはありません。どうしても物語にし難い部分がありましたが、この作品を通じて、新薬開発とはどのような仕事なのかを、少しでも理解していただけたらと思い、登場する二人の女性が一人の男性と恋に落ちるという設定で、愛情と友情の狭間で葛藤する様子を織り交ぜました。そして、医療の進化と医療の倫理面については、できるだけ分かりやすく表現したつもりです。

最先端の医療技術により、十年前は不治の病だった疾病が、今では完治したり、その発症を防ぐことができます。一方で開発のコストは増加し続けていて、高額な薬価を付けざるを得ない製品が多くなったことも事実です。

今後、日本が迎える危機的な超高齢社会を乗り切るためには、社会保障制度の抜本的な見直しが必要です。当然、高額医療費と倫理の問題もあります。治療を受けたいが、経済的な理由により断念せざるを得ない患者さんも少なくありません。

この物語を通じて、最新の医療の目覚ましい進歩とともに、今後の日本の社会保障制度を充実させるために、国民一人一人ができることは何か、社会保障制度の在り方を考える切っ掛けにしていただければ幸いです。

令和元年十月

本小説はフィクションであり、登場する個人名、団体名及び治療法等はすべて架空のものです。

著者プロフィール
百々 聖夜（もも せいや）
７月４日生まれ。
神奈川県出身、在住。
某薬科大学を卒業し、薬剤師の免許を取得。その後、サラリーマンを経て現在に至る。
本書が処女作。

TERM もう一度プロポーズを

2020年１月15日 初版第１刷発行

著 者 百々 聖夜
発行者 瓜谷 綱延
発行所 株式会社文芸社
〒160-0022 東京都新宿区新宿1－10－1
電話 03-5369-3060（代表）
03-5369-2299（販売）

印刷所 株式会社フクイン

ISBN978-4-286-21126-8